神々に育てられしもの、最強となる 3

A boy raised by gods will be the strongest.

「おまえの父、剣神ローニンは私の師父を殺した」

「僕もまだまだ精進が足りないな」

「ウィル様、私はあなたの勝利を信じています」

羽田遼亮 Ryosuke Hata
ill fame

「私の名はヒフネ！ 神々の子ウィルよ、この名を忘れるな。おまえの心臓に刃を突き立てるのも、三途の川の渡し賃を支払うのも、この私なのだから!!」
ヒフネ
剣神ローニン、そして、ウィルへの復讐を心に誓った剣姫。一撃必殺の奥義を会得している

ルナマリア
ウィルを世界を救う勇者だと信じ、
共に旅をしている巫女。
ウィルに近付く女性の気配に敏感
「ウィル様の隣は
世界一の安全地帯です」
「僕は勝つ。そしてヒフネさんを
悪しき宿痾から解放するよ」
ウィル
神々から剣術・治癒術・魔術を教わった、
底知れぬ超才能を誇る少年。だが性格は至って謙虚

至高の抜刀術、神速の抜刀術が空気を切り裂く。
あまりの速度に時空が歪むようであった。
数瞬遅れて、凄まじい旋風が巻き起こる。
「ふふふ、神々に育てられしもの、首を洗って待っているといい」

神々に育てられしもの、最強となる3

羽田遼亮

ファンタジア文庫

2972

口絵・本文イラスト　ｆａｍｅ

神々に育てられしもの、最強となる 3

A boy raised by gods will be the strongest.

羽田遼亮
Ryosuke Hata
ill fame

CONTENTS

第一章 雄牛の森

†

ミッドニア王国の王宮に滞在《たいざい》する僕たち。

僕のような『普通《ふつう》』の冒険《ぼうけん》者がなぜ、王宮にいるのかといえばそれは僕がこの国の王子様に間違《まちが》えられたからだ。

紆《う》余曲折《よきょくせつ》の末、その誤解は解《と》けたのだけど、その裏でゾディアック教団が蠢《うごめ》いており、王宮は彼らの襲撃《しゅうげき》を受けた。僕らは教団の幹部であるマルムークという名の悪魔《あくま》を倒《たお》し、王宮に平和をもたらした。

——襲撃の最中《さなか》、病気を患《わずら》っていた王様はそのまま天に召《め》されてしまったけれど。そのとき僕はとっさに王子の振《ふ》りをし、彼の手を握《にぎ》りながら死を看取《みと》った。

王様を欺《あざむ》いてしまったのは少し心苦しいが、ルナマリアは僕を褒《ほ》め称《たた》えてくれる。

「ウィル様は良いことをされたのです。胸を張って誇《ほこ》りに思ってください」

爛々《らんらん》と瞳《ひとみ》を輝《かがや》かせる。

僕のことを長年探し続けていた第三近衛騎士団《このえきしだん》の団長アナスタシアもにこりと言う。

「ウィル様の唇《くちびる》は嘘《うそ》を吐《は》き出したのではありません。優しさを紡《つむ》ぎ出したのですわ」

ふたりは称賛をしてくれる。

本当の王子様を探し出そうとしていたクラウス司法卿《きょう》も同様の言葉をくれる。

「おぬしは本物のウィリアム・アルフレード殿下《でんか》ではなかったが、その心は本物の王子と変わらぬ。誰《だれ》よりも正義を愛し、他人を慈《いつく》しむ」

クラウス卿は僕を称賛すると、半分真顔で尋《たず》ねてきた。

「……今回の顛末《てんまつ》を知っているのはここにいる数人。皆《みな》が黙《もだ》せばおぬしはこの国の国王になれるが、この国を治める気はないか？」

最初は冗談《じょうだん》かと思ったが、どうやら本気の成分のほうが多いようで——。

僕はしばし返答に窮《きゅう》すると、慎重《しんちょう》に言葉を選んだ。

「やめておきます。国王なんて柄《がら》じゃありません」

「国王は柄でやるものじゃない。魂《たましい》でやるものだ。おぬしの魂には王者の風格がある」

「最大級の評価、ありがたいですが、テーブル・マウンテンには父と母もいますから」

神々の住む山がある方向を見る。

父さんと母さんが微笑《ほほえ》んでいるような気がした。僕がこのままこの国の王になればなかなか里帰りできなくなる。そうなれば彼らはとても悲しむだろう。僕は大好きな彼らを悲しませたくなかった。

――それに。

隣《となり》にいる銀髪《ぎんぱつ》の巫女《みこ》を見つめる。

地母神《ちぼしん》の巫女ルナマリアだ。

彼女に連れられて山を飛び出し一ヶ月。様々な場所を見てきたが、僕はまだ世界の一部しか見ていなかった。まだどこまでも続く大海原を見ていない。灼熱《しゃくねつ》の砂漠《さばく》も、氷の大地も。多くの素敵な人々にも出会ったが、まだ満足はしていなかった。

もっと旅をしたい。この世界を隅々《すみずみ》まで見て回り、もっと多くの人と出逢《であ》いたかった。

その思いを虚心《きょしん》なく伝えると、クラウス卿は白いあごひげを軽く触《さわ》る。

「そうか。貴殿《きでん》はこの国のすべてを手に入れるよりも、この世界のすべてをその目に焼き付けたいのだな」

決意に満ちた目でうなずくと、クラウス卿は頰《ほお》を緩《ゆる》める。

「いいだろう。これ以上は無理強《むりじ》いしない。おぬしはどこまでも飛び続ける猛禽《もうきん》のような存在。鷹《たか》に縄《なわ》を付けて飼い慣らせばそれはもはや鷹ではない」

クラウス卿はそのような表現を用いて、僕を王にすることを諦《あきら》めた。

アナスタシアは「残念ですわ」と眉尻《まゆじり》を下げる。

「もしもウィル様が国王になればわたくしが愛人一号に名乗り出ましたのに」

すかさずルナマリアが間に入り、

「ウィル様は愛人など持たれません！」

と言うが、アナスタシアは茶化す。

「あら、ならば本妻ならいいのね。では妃《きさき》にして貰《もら》いましょう」

と言うが、それにはなかなかツッコミを入れられないようだ。

この国ではもちろん、地母神の教団でも妻を娶《めと》るのは合法であった。それどころか地母神の教団の基本的教義には、

「産めよ、増やせよ！」

というものがある。

この大地を人の子で埋《う》め尽《つ》くすのは彼らの悲願なのである。

ルナマリアは「……むむぅ」と唸《うな》ると、

「……巫女は戒律《かいりつ》によって結婚《けっこん》できないのが辛《つら》いところ」

と漏《も》らした。教団の教義は多産推奨《すいしょう》だが、地母神に仕える巫女は例外なようだ。どこの教団も処女性を大事にするものらしい。

悩《なや》ましげなルナマリアを見てアナスタシアは挑発《ちょうはつ》するように僕と腕《うで》を組むが、丁重にそれを振りほどくとクラウス卿に尋ねた。

「僕を国王にするというのは冗談として、本当のウィリアム・アルフレード殿下はどこにおられるのでしょうか？」

「本物か……。それは分からない。真実の鏡に聞くことはできなかったか？」

「真実の鏡に尋ねることができるのはひとつの事象のみです」

「ならばこれからまた八方手を尽くして探すが、もしかしたら見つからないかもしれぬ」

「…………」

「一〇年近く探索《たんさく》を続けて、わずかな情報からおぬしを探し出した。結局、おぬしも本物の王子でないとなると、もはやこの世界に王子はおられぬかもしれぬ」

……合理的な考えであった。間違っている、と指摘《してき》することはできない。

また一〇年掛《か》けて存在しないかもしれないものを探せ、などと無責任なことは言えなかった。

「となるとこの国に王様はいなくなるということですか？」

「いや、それはない」

即答《そくとう》するクラウス卿。

「長期間、王を不在にはできない。しばらく身罷《みまか》れた前国王のために喪《も》に服すが、その期間が終われば近い血族の者の誰かが王位に即《つ》くだろう。『王選会議』によって」

「王選会議……」

「そうだ。王選会議とはこの国の有力者が密室に籠《こ》もって王を決める会議だ。三日三晩不《ふ》眠不休《みんふきゅう》の論議の末、決める」

「それは大変ですね」

「だな。年寄りには骨が折れる」

自嘲《じちょう》気味に笑うとクラウス卿は僕の背中を叩《たた》く。

「本当はおぬしに王宮に残って貰って色々と手伝って貰いたいが、それはおぬしの翼《つばさ》に枷《かせ》をするも同じだろう」

クラウス卿は感慨《かんがい》深げに僕を見つめると言った。

「だからここに残れとは言わない。しかし、世界をその目で焼き付ける際、またこの王都にやってくるときもあろう。そのときはどうか我が屋敷《やしき》にも来てくれ。いつでも歓待《かんたい》する」

次いで握手《あくしゅ》を求めてきた。

ガシリと彼の手を握る。その手は分厚く、力強い。おざなりな握手ではなかった。

僕はクラウス卿に別れを告げる。

「ウィル様はなにか目的があるのですか？」と尋ねてきたのは、アナスタシアだった。

「…………」

僕が軽く沈黙《ちんもく》してしまったのはなにも目的がなかったからだ。

偉《えら》そうに世界を見て回るとは言ったものの、さしたる将来設計があるわけではなかった。

もちろん、魔王《まおう》復活をもくろむゾディアック教団などの動きは気になるが……。

そのように思考を巡《めぐ》らせていると、僕は腰《こし》にぶら下げた短剣《たんけん》の存在に気が付く。

軽く抜《ぬ》き放つと、ミスリル製の短剣にヒビが入っていた。

「そのヒビは……？」

ルナマリアが控《ひか》えめに尋ねてくる。

「ああ、うん、これはさっきの戦闘《せんとう》で」

「ヒビが入ってしまいましたわね」

ルナマリアの眉目《びもく》が下がっているのは、彼女はこの短剣が剣神《けんしん》ローニンから貰った大切なものだと知っているからだ。幼き頃《ころ》、僕はローニン父さんからこの短剣を譲《ゆず》り受け、以来、この短剣を相棒に多くの敵を倒してきた。

「ルナマリアが落ち込むことはないよ。形あるものはいつか壊《こわ》れるのさ」

魔術《まじゅつ》の神ヴァンダルの言葉を引用する。

「しかし、それは世にも貴重なミスリル製。もう、二度と手に入りません。それにそれは初めて大木を切り裂《さ》いたときに貰った記念品だと伺《うかが》っていますが」

「そうだね。でも、ローニン父さんはぴんぴんしている。形見じゃないんだから」

「それはそうですが――」

それでも表情が晴れないルナマリアの顔を見て、僕はピコンと頭の上に電球を出す。

「そうだ。いいこと思いついた」

「いいこと？」

「そうだよ。ミッドニアからテーブル・マウンテンはそんなに離《はな》れていない。もう一度、北部を冒険してみたかったから、ちょうどいい」

頭の中に地図を思い浮《う》かべる。

ミッドニアの王都アレクセスは、国のほぼ中央にあるが、北にはテーブル・マウンテンがある。つまり北部方面に行くには山をぐるりと回らないといけない。

「たしかに北部に行くならば通り道です」

「迂回《うかい》すると時間が掛かるから、テーブル・マウンテンを突《つ》き抜けよう。そのとき里帰りをして、ヴァンダル父さんに短剣を修復して貰おうと思う」

「魔術の神ヴァンダル様は冶金《やきん》学にも長《た》けていますしね」

「うん、きっとヴァンダル父さんならばなにか知恵《ちえ》を貸してくれる」

善は急げ、とばかりに僕とルナマリアはクラウス卿とアナスタシアを見る。

彼らは激戦のあとでもすぐに冒険《ぼうけん》を再開しようとしている僕たちに呆《あき》れ顔だが、今さら僕たちの冒険を止める気もないようだ。

ただせめて一晩くらいは歓待させてほしいと申し出てくる。

僕たちはその申し出を有り難《がた》く受け取ると、クラウス卿の屋敷に向かった。

そこで美味《おい》しい料理と、温かいベッドを提供されると、僕たちは体力を回復させる。

そして翌朝、僕たちはクラウス卿とアナスタシアに別れを告げる。

アナスタシアは「ウィル様に幸福あれ」と抱《だ》きしめてきた。

もっとごねたり、情熱的な別れをされるかと思ったので意外であったが、アナスタシアは嬉《うれ》しそうに言う。

「これは一時の別れに過ぎませんから。――そう遠くない未来、ウィル様はこの王都に戻《もど》ってきて、わたくしと運命を共にするのです」

魔女《まじょ》のような予言を自信たっぷりに残すアナスタシア。

ルナマリアのほうを見ると彼女は黙《もく》して語らない。もしかしたら彼女も神様からそのような預言を受けているのかもしれない。そんな感想を持った。

†

クラウス卿の屋敷を出る。

クラウス卿の屋敷は王都の中心地にあるから、そこから王都郊外《こうがい》に出るのはそれなりに時間が掛かった。

王都はそれくらいに広大なのである。

「このような大きな街はそうそうないだろうな」

感慨深げに言うとルナマリアは同意する。

「ミッドニアではこのアレクシスが最大の都となっています」

「でもこの大陸にはアレクシスよりも大きな街があるんだよね」

「左様でございます。――ウィル様は博学ですね」

「ヴァンダル父さんの座学で教わったからね」

「英雄《えいゆう》たるもの、知識も大切です」

「いつかそれらの街にも行ってみたいな」

「ウィル様が望むのならば」

ルナマリアはにこりと微笑《ほほえ》む。

王都の城壁《じょうへき》を越《こ》え、人の数が減ると彼女の表情が穏《おだ》やかになったような気がした。

そのことを指摘するとルナマリアは言う。

「王都は人の熱気がすごいです。人が多すぎて疲《つか》れます」

「たしかに。田舎《いなか》者の僕にはきつかったかも」

「私も田舎出身なのですが、それ以上に耳を頼《たよ》りに生活しているので困ってしまいます」

なるほど、と改めて彼女の顔を見る。彼女は目を閉じていた。

地母神《ちぼしん》の巫女《みこ》ルナマリアは盲目《もうもく》なのだ。幼き頃に視力を神に捧《ささ》げ、それと引き換《か》えに神の声を聞けるようになったのである。

以来、彼女は聴覚《ちょうかく》を頼りに生きてきたのだ。普段《ふだん》の生活ではまったく不便を感じさせない彼女であるが、騒音《そうおん》だけは苦手なようで、王都にやってきてからはときどき物憂《ものう》げな表情をさせていた。

筋肉の軋《きし》みまで聴《き》き分ける彼女の耳では、雑踏《ざっとう》鳴り響《ひび》く王都は心地よい場所ではなかったようである。

「……巫女様も大変だ」

月並みな感想を漏らすと、なるべく静かな道を選びながら北へ進んだ。

王都アレクシスは四方八方に街道が繋《つな》がっている。この国の街道はすべてアレクシスに繋がっている、といっても過言ではなかった。

なので神々の住む山の近くまではなんの苦もなく向かうことができた。

問題なのは神々の山へ続く森であった。

さすがに森の中までは街道が整備されてはいない。

基本テーブル・マウンテンにおもむく旅人はいないのである。

テーブル・マウンテンは神域でみだりに立ち寄ってはいけない場所になっているし、その周辺の森には凶悪《きょうあく》なモンスターがいるから、狩人《かりゅうど》もあまり近づかない場所になっているのだ。

街道から少し離れた森の入り口を見る。

「これからこの森を通り抜けなければいけません」

「だね」

「この森には獣道《けものみち》しかありません。モンスターのほうはウィル様がいる限り心配はないでしょうが」

「まあ、子供の頃から戦っているから、今さら負ける気はしない」

ルナマリアは懐《ふところ》から方位磁石を取り出す。磁石はくるくると回っていた。北を示すことはない。

「問題なのは道のほうでしょうか」


「この付近の森は強力な磁場に包まれているようです」

「なるほど」

「――ウィル様がなるほどと言うということはそのことを知らなかったのですね」

「まあね。僕はテーブル・マウンテンには詳《くわ》しいけど、その外周部はほとんど知らないよ」

「ですよね。となると自力でこの森を抜けないといけません」

「そうだね。ところでルナマリアはどうやってこの森を抜けたの？」

「私は西方からテーブル・マウンテンに登りました。西側にはこのような森はありません」

「なるほど、下りるときは北側だったしね」

「北側も西側と同じくらい楽でした」

「じゃあ、西まで迂回しようか」

「そこまですると一週間ほど時間が掛《か》かってしまいます」

「急ぐ旅じゃないけど、そこまでするのもなあ」

というわけで満場一致《いっち》でこの森を抜けることが決まる。

「幸いと神々の山の裾野《すその》の森はそこまで広くありません。迷うことはないかと」

「だね。僕は山で育った野生児だし、ルナマリアは神様に守護された巫女様だ。さくっと抜けられるはず」

そのようにまとめる僕であるが、それは安易な決断だったのかもしれない。

余裕《よゆう》綽々《しやくしやく》で森の中に入ると、速攻《そつこう》で迷う。

まるで芸人のような振《ふ》りである、と苦笑いを浮かべる僕たちであるが、笑ってばかりもいられなかった。

森で遭難《そうなん》してそのまま死ぬ冒険者も珍《めずら》しくないのだ。

僕は大きな木の横にある白骨化した死体を見る。おそらく草食動物のものであろうが、僕たちはこうならない、と断言することはできない。

なので手早く森を抜けようとするが、神々の山の裾野の森はなかなかに手ごわかった。


——一刻後。

僕とルナマリアは視線を合わせると、大きな溜《た》め息をつく。普段、溜め息の数だけ幸せが逃《に》げてしまう、と公言しているルナマリアが溜め息を漏《も》らすのが、現在の状況《じようきよう》を如実《によじつ》に表していた。

ただルナマリアはなかなか強情というか、『僕』の失敗を認めたくないようだ。

僕が「ごめん」と謝ると、彼女は「なぜ、謝るのですか？」と尋《たず》ね返してきた。

「いや、僕が最短距離《きょり》で抜《ぬ》けようと言ったから」

「それに同意したのですから、私も同罪です。――いえ、私たちはただ『ちょっと』道に迷っただけですから、後悔《こうかい》する必要もありません」

「でも僕たちは遭難してしまったよ」

「遭難ではありません。ちょっと迷子なだけです」

「獣道すら外れてしまって、北も南も分からない。これは遭難っていうんじゃ……」

「ちょっとルート選択《せんたく》を誤ってしまっただけですよ」

「さっきから同じルートをぐるぐると回っているような気がするけど」

「気のせいです」

「目印を刻み込んだ木を何回も見ているよ？」

「それこそまさに『木』のせいです」

「…………」

「…………」

互《たが》いに顔を見合わせる。

しばし沈黙《ちんもく》する。

ルナマリアは「……こほん」と咳払《せきばら》いをするとこう言った。

「たしかに我々は限りなく遭難に近い状況ですが、問題はありません。食料は潤沢《じゅんたく》ですし、それにそのうちこの森を抜けることもできましょう」

「やけに自信満々だね」

「ウィル様の隣《となり》は世界一の安全地帯です。神の子ですから常に正しい道を選んでくれましょう」

「神の子でも遭難はするよ」

文句を言おうと思ったが、それよりも先に状況に変化が訪れる。

僕の鼓膜《こまく》に風切り音が飛び込んでくる。

弓を絞《しぼ》る音と、矢を放つ音だ。

数十メートルほど離《はな》れた場所で戦闘《せんとう》が行われているようだ。

僕の耳に入っているということはルナマリアならばもっと鮮明《せんめい》な音が聞こえているに違《ちが》

いない。彼女に詳細《しょうさい》を尋ねる。

「数十メートル先で戦闘が行われているようだけど、間違《まちが》いないかな？」

「ご明察の通りです。大地に落ちた枯《か》れ葉を踏《ふ》みしめる音が聞こえます。二本足の生き物が弓を持って戦っていますね。相手は魔物《まもの》です。こちらは四本足のようです」

「なるほど、ケンタウロス同士の戦いではないということか」

冗談《じょうだん》で返すとルナマリアは軽く笑う。

「ですね。二本足のものは狩人でしょう。軽装で弓を主体に戦っているようです。四本足の獣《けもの》はとても大きいです」

「どっちが劣勢《れっせい》？」

「狩人です。――傷ついているようです」

「ならばすぐに助けないと」

「そう言われると思ってました」

ルナマリアはにこりと微笑むと、荷物をその場に置く。愛用のショート・ソードだけを取り出すと駆《か》け出す。

僕はというとすでに数メートルほど先行していた。おおよその戦闘距離《きょり》は把握《はあく》していたし、女の子のお尻《しり》を見るような趣味《しゅみ》はないからだ。

剣神《けんしん》ローニンの息子は常に女の子に背を向け、敵に胸を晒《さら》すのだ。

その姿を見たルナマリアは「さすがはウィル様です」と言った。

†

森を駆《か》ける。

密集した木々の間を縫《ぬ》うように走る。

木の根や地面の凹凸《おうとつ》などがあり、走りにくかったが、すぐに現場に到着《とうちゃく》する。

するとそこには弓を引き絞った毛皮姿の男と、毛の長い雄牛《おうし》のような生き物がいた。

蛮族《ばんぞく》の狩人と思わしき男は冷静に雄牛と対峙《たいじ》しながら、的確に弓を放っている。

雄牛の身体《からだ》には無数の矢が刺《さ》さっていたが、どれも致命傷《ちめいしょう》にはなっていないようだ。

雄牛は通常の牛よりもふた回りほど大きく、毛糸のような体毛にくるまれているため、防御力《ぼうぎょりょく》が高いようである。矢が深々と刺さることはなかった。

「面倒《めんどう》な生き物だな」

そうつぶやくと狩人はにこりと笑った。黄色い歯を剝《む》き出しにし、同意する。

「同感だ。長年、狩人をやっているが、ベルセル・ブルよりも厄介《やっかい》な魔物はそうはいない」

「あれはベルセル・ブルという魔物なんですか？」

「そうだ。この付近にしかいない雄牛タイプの魔物だ。その肉はＡ５ランクでとても美味《おい》しい」

「いくら美味しくても狩《か》るのが大変でしょう」

改めて観察するが、ベルセル・ブルは雄牛というよりも大きな猿《さる》のようにも見える。ゴリラのような筋骨隆々《りゆうりゆう》とした体軀《たいく》に雄牛の顔がある凶暴《きようぼう》な姿をしている。別名〝凶暴牛猿〟ともいうらしい。

「そうだ。だからこちらから手を出すことはないよ。森で『捜《さが》し物』をしていたら出くわしてしまっただけさ」

「なるほど。かなり興奮しているようですが、今から戦闘を回避《かいひ》できますか？」

「そうだな。一応、聞いてみるか？　食べ物はすべて差し出すからどうか命ばかりはお助けください、と」

狩人の言葉は皮肉そのものだった。ベルセル・ブルの血走った目、興奮した鼻息、口からしたたる涎《よだれ》を見ればそれは不可能であると悟《さと》る。

「牛のくせに肉食のようですね」

「その通りだ。オレたちを食べたくて仕方ない、といった顔をしているだろう」

「たしかに。しかし、大人しく喰《く》われてやる道理はこちらにありません」

「分かっているじゃあないか」

狩人《かりゅうど》はそう言い放つと、背中の矢筒《やづつ》から二本矢を取り出し、それを弓に番《つが》える。

「褒美《ほうび》に面白いものを見せてやろう」

狩人は不敵に微笑《ほほえ》むと、二本の矢を同時に放つ。

弓矢は綺麗《きれい》に二通りに分かれ、雄牛の右肩《みぎかた》と左肩《ひだりかた》に命中する。

苦痛の痛みを咆哮《ほうこう》に乗せるベルセル・ブル。

素晴らしい技術を見せてもらった僕は素直に称賛《しょうさん》をすると名を尋ねた。

「僕の名前はウィルといいます。あなたのお名前はなんというのですか？」

「オレの名はジンガ。この森で狩人をしている。ウィルはなんでこんな危険な森に入ってきたんだ？」

「神々の山に所用があって。最短距離を駆け抜けようとしたら迷ってしまいました」

「はっは、正直な男だな、おまえは。神々の山は禁域だ。そこに向かうと正直に言うなんて」

「ちゃんと理由があれば怒《おこ》りませんよ」

「たしかに人のいい神々らしいからな」

「それには同意です」

激しく納得するが、僕がその神々の子供です、と名乗り出ることはできなかった。

僕が神々の子供であるということは特別隠《かく》すようなことではない。むしろ人によっては積極的に開示している情報であるが、今回、そのことを説明する時間がなかった。

なぜならば両肩《りょうかた》を負傷したベルセル・ブルの筋肉が異常に膨《ふく》れ上がったからだ。

めきめきと音を立てて筋肉を肥大化させるベルセル・ブル。両肩を射貫《いぬ》かれ、『スイッチ』が入ってしまったようだ。生存本能を呼び覚ましてしまったようである。

筋肉を肥大化させたベルセル・ブルの両肩から矢が抜け落ちる。そこから血が噴《ふ》き出すが、それも収まると肥大化した筋肉を活用する。目にもとまらぬ速さで突進《とっしん》してきたのだ。

「危ない！」

僕は狩人を押し出し、その突進を避《よ》けさせる。

先ほどまで僕たちがいた場所、そこには土煙《つちけむり》が充満《じゅうまん》し、その後ろにあった巨木《きょぼく》が砕《くだ》け散っていた。

その光景を見てジンガは口笛を吹《ふ》く。

「……やべえな。ウィルがいなければ死んでいた」

ありがとうと、礼を言われるが、杓子定規《しゃくしじょうぎ》に返礼をしている暇《ひま》はなかった。

僕はミスリル製の短剣《たんけん》を握《にぎ》り直す。

短剣に魔力《まりょく》を送り込むが、分厚い毛皮に包まれたベルセル・ブルを見ると少しだけ焦《あせ》りを覚えてしまう。

（……悪魔《あくま》との戦闘で短剣にひびが入っている。魔力を送り込めば絶対に折れるな）

ということは今回の戦闘では短剣に魔力を送り込むことはできない。

つまり大幅《おおはば》に攻撃力《こうげき》が低下した状態で戦わなければいけないのだ。

焦っていると後方からルナマリアの声が聞こえる。

「ウィル様、大丈夫《だいじょうぶ》です。ウィル様はどのような怪物《かいぶつ》にも負けません」

その声援《せいえん》はなんの疑いも打算もない。ルナマリアは純粋《じゅんすい》に僕の実力を信じてくれているようだ。まるで絵物語の英雄《えいゆう》を目の前にした幼女のようである。その穢《けが》れなき瞳《ひとみ》の持ち主の期待に応えたいところであるが——そのように逡巡《しゅんじゅん》していると左手が振動《しんどう》する。

『ウィル、君はさっきからボクのことを忘れていない？』

「あ、イージス」

光り輝《かがや》く盾《たて》に語り掛《か》ける。

『君は幼き頃《ころ》からその短剣ひとつで敵をなぎ倒《たお》してきたから盾の力を過小評価しているでしょう』

「そんなことはないけど、ローニン父さんの流派に盾を使う技術はないね」

『とんだ片手落ちの流派だね。いいでしょ、ならばこのイージス本人が盾も立派な武器だと教えてあげる』

そう言うとイージスはさらに光り輝く。

それを見ていたベルセル・ブルは興奮し始める。

「なんか敵の攻撃力が上がっているように見えるんだけど」

『牛さんを興奮させているからね。あの牛にはボクが真っ赤に光り輝いているように見える』

改めてイージスを見るとたしかに光の色は赤かった。

「……もしかして僕に闘牛《とうぎゅう》をさせる気？」

『正解、ベルセル・ブルが赤いボクを見て興奮して突撃《とつげき》をかましてくるから、ウィルはそれを紙一重《かみひとえ》でかわしてボクでぶん殴《なぐ》って』

「むちゃくちゃだな」

『でもダメージは稼《かせ》げるよ。それにお得意の短剣の攻撃力が削《そ》がれている今、こっちのほうが強い』

イージスは断言すると、僕の同意を取ることなく、さらに輝きを強める。僕にも真っ赤に見えるほど情熱的に光り始めた。

と、ぼやくと同時にベルセル・ブルは突撃してくるが、僕はやつの動きをギリギリまで注視し、最小の動作でかわす。

服の一部が裂《さ》けてしまうほどの危うさだったが、そこまで引き付けた甲斐《かい》があった。

雄牛が僕の横を駆け抜《ぬ》けた瞬間《しゅんかん》、イージスで敵の頭を思いっきり殴りつける。

ごいん、と鈍《にぶ》い音が森に響《ひび》き渡《わた》る。

ベルセル・ブルの足はよろめく。よたよたとした足取りになる。

それを見てイージスは自慢《じまん》げに宣言する。

『ふふん、どうだい？　これが「盾攻撃《シールド・バッシュ》」ってやつだ。一流の戦士はこういう技も使うんだよ。オーレ!!』

ふらついているベルセル・ブルを見る。たしかにシールド・バッシュという技は強力なようだ。生命力の塊《かたまり》のような雄牛ですら昏倒《こんとう》しかけている。

しかしそれでもベルセル・ブルには致命傷にならないし、戦闘意欲《せんとういよく》を奪《うば》うことはできなかった。

イージスは呆《あき》れながら言う。

『まったく、これだから牛さん系モンスターは厭《いや》なんだ。無駄《むだ》にＨＰが高い』

「まったく……」

「威張《いば》ってた割にはこれしか攻撃方法はないの？」

『他にもあることはあるけど、こんな牛相手に必殺技は使いたくない。というわけでここは手数でショーブ！』

「つまり今のを何回もやれってことだね」

『そういうこと。ほら、二回目の突進がきたよ』

見ればたしかにベルセル・ブルは後ろ足で地面を蹴《け》り上げていた。先ほどの速度には及《およ》ばないもののそれに準じる速度で突進してくる。僕は先ほどのように紙一重でそれを避け、懐《ふところ》に入れた瞬間に盾で殴る。

再び鈍い音が森の中に響き渡る。先ほどよりも強力な一撃《いちげき》を見舞《みま》ったが、それでもベルセル・ブルは倒れなかった。その後、二回ほど同じ動作を繰《く》り返すと、さすがに緊張感《きんちょうかん》が張り詰《つ》める。四回目の攻撃では服だけでなく、皮膚《ひふ》の一部も切り裂かれてしまったのだ。

（……集中力が切れてきた。それに体力も低下しているのか）

このまま戦闘が続けば後れを取ってしまうかもしれない。

冷や汗《あせ》が背中を伝うが、それを見計らったかのようにジンガが声を掛けてくる。

「ウィル、弱気になるなよ。おまえの攻撃は効いていないわけじゃない。やつはこの森の主《ぬし》だ。誇《ほこ》りがあるんだよ。だから何度殴られても立ち向かってくる。しかし、あいつだって生き物だ。そんな金属の塊で頭を殴られて無事なわけがない」

その言葉に勇気づけられる。たしかに僕のシールド・バッシュはベルセル・ブルにダメージを与《あた》えているようだ。やつの四本足は生まれたての子鹿《こじか》のように震《ふる》えていた。立っているのがやっとといった感じだ。もう一発、頭にシールド・バッシュを叩《たた》き込めば倒せそうだった。

そう思った僕は次が最後、そんな気持ちで集中力を高めた。

端《はた》から見ると余裕《よゆう》綽々《しやくしやく》に見えるかもしれないが、雄牛《おうし》の突進をかわすのはとても大変だった。弾丸《だんがん》のような速度で突《つ》っ込んでくる雄牛、一歩間違《まちが》えばそのまま押しつぶされる恐《おそ》れがある攻撃を紙一重でかわすというのは集中力を要するのである。

――これが最後。

自分に言い聞かせるように雄牛の攻撃をかわすと、渾身《こんしん》の力を込め、雄牛の頭に盾を振《ふ》り下ろす。

ごいん、という音と共にボキッ、という音も聞こえる。

『やりぃ！　クリティカル。これは頭蓋骨《ずがいこつ》も貰《もら》ったね』

イージスはそうはしゃぐが、僕の左手にもいい感触《かんしよく》があった。

最高の一撃を与えたはずである。

そう冷静に分析《ぶんせき》するが、雄牛は鼻息荒《あら》くこちらを見つめていた。

後ろ足で土を蹴り上げている。

「……まだ来るのか」

この雄牛は不死身なのかもしれない。そう思い冷や汗をかいた瞬間、ルナマリアが僕の前に出る。彼女は腰《こし》のショート・ソードを抜き放ちながら言った。

「……私の小枝のような剣《けん》ではベルセル・ブルには通用しないかもしれません。しかし、ウィル様を見捨てることはできない」

ルナマリアの安全をなによりも願う僕は彼女の献身《けんしん》的な行動を歓迎《かんげい》できない。

「ルナマリア、駄目《だめ》だ。やつは不死身だ。君だけでも逃《に》げて」

「そのような真似をするくらいならばこの剣で自分の喉《のど》を切り裂きます」

僕はルナマリアを押しのけ、彼女より一歩前に踏《ふ》み出すが、彼女はそれに抗議《こうぎ》の声を上げる――ことはなかった、狩人のジンガがそれを制したのだ。

「お嬢《じょう》ちゃん、男の世界に口を出すもんじゃないぜ」

「魔物《まもの》との戦闘に男女は関係ありません」

「気の強いお嬢ちゃんだ。その気高い心は見上げたもんだが、今回に限っては空回りだぜ」

「どういう意味ですか？」

「もう誰《だれ》も戦う必要はないってことさ。ウィルが勝ったんだよ。あの化け物に」

彼がそう宣言した瞬間、ベルセル・ブルは白目を剝《む》く。そのまま巨体《きょたい》が大地に倒れ込む。

「頭蓋骨が陥没《かんぼつ》したのさ」

見れば口からは大量の泡《あわ》が出ていた。黒い身体《からだ》は痙攣《けいれん》をしている。

「見事なシールド・バッシュだな。皮膚をほとんど傷つけずに殺したから、高値で売れるぞ」

ジンガは嬉《うれ》しそうに言い放つと腰から短剣を取り出し、ベルセル・ブルの皮を剝《は》がしに掛かる。ルナマリアは呆れながら「まずはウィル様の安否確認、それにお礼が先ではないでしょうか」と溜《た》め息を漏《も》らすが、彼にも言い分はあるようだ。

なんでもベルセル・ブルの皮は新鮮《しんせん》なほど高く売れるのだという。早く解体して村に持って帰りたいのだそうな。

ルナマリアは少し呆れ気味だが、僕はまったく気にしない。ジンガに悪気はないと分かっていたし、それに彼の行動はもっともだと思ったのだ。

手早く皮を剝いでそれで素材が高く売れるのならば誰も困ることはない。狩人《かりゅうど》はお金を稼げるし、商人は良質な毛皮を手に入れ、それを最終的に購入《こうにゅう》したものは幸せになれる。誰も損はしないのだ。

そのようにルナマリアを諭《さと》すと、ルナマリアにお茶を淹《い》れて貰うようにお願いする。

戦闘直後であるし、散々、森を迷ったあとだから喉が渇《かわ》いたのだ。

僕が所望したからだろうか、彼女は嬉しそうにお茶を淹れる準備を始めた。

僕もそれを手伝う。

ジンガの解体の手伝いをしても良かったのだが、ベルセル・ブルの皮剝ぎは熟練の腕《うで》を要するらしい。僕のような素人《しろうと》が出る幕はなかった。

†

ベルセル・ブルの解体が終わると、切り株の上に食卓《しょくたく》ができあがる。

ルナマリアは先ほど荷物を置いてきた場所まで戻《もど》り、茶道具一式を持ってきたのだ。

テーブルクロスなどもちゃんと敷《し》いて立派なお茶会の準備をした。一方、僕はその間、近くにある泉から水を汲《く》んできてお湯を沸《わ》かした。

適材適所の行動である。

血に汚《よご》れた手を拭《ぬぐ》いながら狩人のジンガは称賛《しょうさん》してくれる。

「森の中でこんな小洒落《こじゃれ》たものが飲めるなんて思わなかった」

ルナマリアは答える。

「戦闘のあとは温かい飲み物が最適です。荒ぶった心を穏《おだ》やかにしてくれますし、疲《つか》れた身体を癒《い》やしてくれます」

ルナマリアはにこりと続ける。

「私を育ててくれた大司祭様は巫女《みこ》たちが修練を終えるといつも温かいハーブティーを出してくれました」

「気が利く大司祭様だ」

狩人のジンガは感心したように言うと、礼を言う必然性を思い出したようだ。

「戦闘の最中《さなか》で曖昧《あいまい》になったが、改めて礼を言う」

蛮族《ばんぞく》の格好をした狩人は深々と頭を下げる。

「身なりは蛮族だが、中身は紳士《しんし》なのさ」

自分でそううそぶくが、気のいい人物であることは間違いないようだ。

どん、とベルセル・ブルの内臓を食卓の真ん中に置く。

血でテーブルクロスが滲《にじ》むが、彼は気にせず言った。

「助けてくれたお礼におまえたちにこれをやろう」

「これは？」

「ベルセル・ブルの肝《きも》だ」

「…………」

沈黙《ちんもく》してしまったのはベルセル・ブルの肝がいまだに脈打っていたから。なんという生命力なのだろう……。

「この肝はそのまま食べてもよし、秘薬の材料にしてもいい。使い道はごまんとある。新鮮なうちに売ればそれなりの金になるんだぜ」

「でもこの辺に素材買い取りをしてくれる商人はいなさそうだ」

「まあな。というわけでこの場で食べることを勧《すす》める」

「あいつを食べるのか……」

凶悪《きょうあく》なベルセル・ブルの顔を思い浮《う》かべると、食欲《しょくよく》は湧《わ》かない。しかし無下《むげ》にするのも悪いので秘薬の材料とさせて貰う。

人間の頭部よりも大きい肝を魔法《まほう》で凍《こお》らせるとリュックに放り込む。

「お前さん、魔法も使えるのか。それにポーションも作れるんだな」

「ウィル様は剣も魔法も治癒《ちゆ》の技もトップクラスの実力を備えています。ポーションどころか、霊薬《れいやく》や秘薬を作るのも朝飯前なんですよ」

「そんなことはないよ」

謙遜《けんそん》をするが、ジンガの傷を回復させるためにポーションを渡《わた》すと、その言葉に信憑性《しんぴょう》はなくなる。ジンガは先ほどの戦闘で手傷を負っていたのだがみるみるうちに回復してしまった。

「すげえな、村のババ様の秘薬でもこんなにすぐには回復しないぞ」

驚愕《きょうがく》するジンガにルナマリアは鼻高々に説明する。

「ウィル様のお母様はテーブル・マウンテンの治癒の女神様なのです」

「なんと、まじかよ」

「本当ですよ」

「まじなのか」

ジンガは『あの』女神に息子がいたとはねえ、と心底驚《おどろ》く。

ちなみにジンガの『あの』は畏敬《いけい》の成分よりも嘲笑《ちょうしょう》の成分のほうが多い。僕の母である女神ミリアはかの聖魔《せいま》戦争を戦い抜《ぬ》いた由緒《ゆいしょ》ある神様であるが、テーブル・マウンテンでは自堕落《じだらく》に暮らしている。我が儘《まま》で乱暴者、お酒が好きなことで有名なようだ。少なくとも麓《ふもと》の村ではそう伝わっているようだ。さすがに距離《きょり》が近いだけに神秘性が薄《うす》れているのが少しおかしかった。そんな女神様が子育てなどできるのだろうかと、ジンガは疑っているようだ。

——まあ、炊事《すいじ》洗濯《せんたく》は父親も僕もやっているから、とお茶を濁《にご》す。

「なるほど、家族で分担できるなら問題ないか」

ジンガは笑うとこう続ける。

「命を助けて貰った上に傷まで治して貰ったんだ。テーブル・マウンテンに里帰りの途中《とちゆう》だそうだが、是非《ぜひ》、オレの村に寄っていってほしいな」

「ジンガさんの村にですか?」

「ああ、近くにあるんだ。村を挙げて歓待《かんたい》したい。酒池《しゆち》肉林《にくりん》のな。飲めや歌えのパーリィーナイトだ。村の酒蔵を空にしてやる」

「そんな悪いですよ。僕なんかのためにそこまでしてもらうのは」

「気にするな。村のものはオレのものオレのものはオレのものだ」

「もしかしてジンガさんって村長さんの息子とか?」

「いんや、ただの村人の小倅《こせがれ》だ。だがまあ我がバルカ村のものは客人をもてなす心を知っている」

「…………」

たかられる村人は堪《たま》ったものではないだろうが、ここは素直にもてなされることにする。

森を駆《か》け回って疲れているということもあるが、先ほどの戦闘《せんとう》で思ったよりも消耗《しようもう》してしまった。温かいベッドで一晩過ごしたかった。

そのことを素直に話すと、ジンガは黄色い歯を見せ、僕の頭をぐしゃぐしゃと撫《な》でる。

「素直なのはいいことだぞ、ウィル」

「ええ、父さんと母さんたちも同じようなことを言っていました」

「いい家族だ。さすがは神様」

ジンガはそう言い切ると、ルナマリアに注《つ》いで貰《もら》ったばかりの二杯目《はい》の紅茶をぐいっとあおる。

「さあて、そうと決まったらさっそく出発だ。角など高価な部位はそのまま持ち帰るが、肉や骨などはあとで村の若いのを連れて持ってこさせよう」

角などを切断されたベルセル・ブルの死体を見る。

たしかにこの死体を運ぶのは骨が折れそうだった。人手がいる。

僕ならばひとりで運べないこともないが、狩猟《しゅりょう》の達人であるジンガの意見は尊重すべきだった。

というわけで一番高価な角を背中にくくりつけるジンガ。僕は先ほど貰った肝の入ったリュックを背負う。自分だけ手ぶらで申し訳ない、と主張するルナマリアだったが、神々の山でもバルカ村でも女性に重いものを持たせるという文化はなかった。

僕たちはそのまま意気揚々《いきようよう》と森の奥に向かう。

ジンガはまるで自分の家の庭を歩くような足取りだった。

この複雑な森の地形を熟知しているようだ。

彼の言うことを聞いていればまっすぐ村に着けるだろう。明日にでも、神々の山に至る道を教えて貰うことにしよう。

そんなことを思いながら、ジンガの大きな背中に続く。

蛮族独特の毛皮、それに大股《おおまた》の歩き方が印象的だった。

†

「オレは村一番の勇者、オレの姿を見れば女はみんなときめく。スカートをめくり上げ、迫《せま》ってくる～♪　ナニが乾《かわ》く暇《ひま》もないぜ～♪」

狩人《かりゆうど》のジンガは音程の外れた歌声で歌い上げる。

文学的な感受性も機微《きび》も感じられない歌詞であるが、歌っている本人は楽しそうであった。しかし、同行者に女性がいることを急に思い出したのだろう。

「――失敬失敬」

と頭をかくと、別の歌を歌い出した。

「おいらは天才狩人、一〇〇間離《けんはな》れた先の的も射貫《いぬ》く。あの子の心も射貫く～♪」

今度は品のない表現はなかったが、それでも文学性は皆無《かいむ》だった。

「市井《しせい》の流行歌はそういうものなのです。素朴《そぼく》な歌詞、単純なメロディだからこそ語り継《つ》がれます」

ルナマリアは断言する。

たしかに魔術《まじゅつ》の神様であるヴァンダル父さんも言っていた。天才が一〇〇〇日掛《か》けて練り上げた名文よりも、凡人《ぼんじん》が何気なくつぶやいた一言のほうが人々の胸に残ることが多い、と。

魔術師が読むような高尚《こうしょう》な本の難解な表現はたしかに風呂《ふろ》場《ば》や森の小道で口にしたくなるものではない。

ジンガの歌声をBGM代わりにして歩くと、森が開けてくる。

「あそこがジンガさんの村でしょうか？」

「たぶんね。バルカ村だっけ？　思ったよりもこぢんまりとしてるね」

僕とルナマリアの会話を聞いていたジンガは会話に押し入ってくる。

「おいおい、人様の村をミジンコみたいな村とは失礼だな」

そこまでは言っていないが、たしかに住んでいる人の前で小さいというのは失礼だった。謝る。するとジンガは「はっはっは」と笑う。

「相変わらず真面目《まじめ》だな、ウィルは。謝るようなことじゃない。それに小さいのは事実だ。ていうか、大きさを売りにしている村じゃない。もっと小馬鹿《こばか》にしていいぞ」

「それはさすがに……」

ルナマリアは聞き耳を立てる。生活音で大きさを把握《はあく》しているのだろう。

「……五〇人規模の村ですね」

「正解だ、お嬢《じょう》ちゃん。バルカ村の人口は五一人だ。……あ、五二人か。先月、向かいの夫婦がハッスルして子供を増やしたから」

「ジンガさんでも正確な数字が把握できるくらいの人口ということか」

「でも、ってのが気になるが、まあそうだ。本当に小さな村よ」

と言うと村の入り口にある看板を指出す。バルカ村と書かれていた。

「看板にも書いてあるとおりこの村の名はバルカ村。この森の中にある唯一《ゆいいつ》の村だ」

「なぜ、こんな鬱蒼《うっそう》とした場所に村があるんですか？」

「それはここの村人が変わりものだからさ」

と、うそぶくジンガだが、ちゃんと説明もしてくれる。

「本当のことを言わないとババ様にどやされそうだから、ちゃんと説明するが、この村の住人は森の民だからだ」

「そうだ。森の民っていうのは森に根ざした民のことだ。各地の森にいるらしいが、文明を拒絶《きょぜつ》し、森の恵《めぐ》みだけで糧《かて》を得ている」

と言うとジンガは弓を引き、ポーズを取る。筋骨隆々《りゅうりゅう》としたところを強調する。

「このように臭《くさ》そうな毛皮を着て、弓を引いて、獲物《えもの》を得る。それを森の外の商人に売り払《はら》って、外から鉄製品を買ったり、穀物を買ったりしている」

「まさしく森の民だ」

「だな。今時、物々交換《こうかん》なんて流行《はや》らないが」

溜《た》め息を漏《も》らすジンガであるが、このような生活も嫌《きら》いではないらしい。

「一度、家出をしてこの森から逃《に》げ出したことがあるが、一年ほどで戻《もど》ってきた。森の外は刺激《しげき》であふれていたが、この森の時間に慣れれば外の世界のほうが忙《せわ》しなく感じる。見た目はシティ派のオレだが、ここの生活のほうが合っているんだろうな」

見た目はともかく、ジンガのような明るい男でも外の生活が合わなかったということは、この村はとてもいい村なのだろう。そう推察できた。

たしかに小さな村であるが、道行く人は皆《みな》優しげだ。部外者である僕たちを見ても厭《いや》な顔ひとつせず、にこやかに挨拶《あいさつ》をしてくれる。

子供たちも楽しそうにそこらを駆け回っていた。

先日まで滞在《たいざい》していた王都とは違《ちが》った時間が流れていることは明白であった。

そのような観察を口にすると、ルナマリアも同意する。

「私の生まれ故郷もこのような小さな村でした。豊かな暮らしこそできませんが、大地に根ざした生活ができます。自然に包まれた生活ができます。とある学者が言っていましたが、このような生活をスローライフというそうです」

「ヴァンダル父さんも同じことを言っていた。ストレスフリーこそが大切だって。ストレスを与《あた》えたマウスと与えなかったマウス、寿命《じゆみよう》が倍も違うらしい」

「ですね。もしも魔王《まおう》復活を阻止《そし》できたら、このような村で余生を送りたいものです」

「だね——」

と気軽に同意してしまったが、それは魔王の件が片づいたら、結婚《けつこん》をしよう、と言っているようなものだと気がつく。プロポーズのように聞こえかねなかった。

さすがに恥《は》ずかしくなり、赤面をしてしまうが、ルナマリアは僕の顔色には気がつかない。——ただ、心音には気がつくが。

「ウィル様、動悸《どうき》が激しいようですが、なにかありましたか？」

と尋《たず》ねてきた。

まさか君の花嫁姿《はなよめ》を想像してしまった、と言うことはできない。なのでお茶を濁すために適当な建物を指出す。

「……あの家が一番大きいね。村長さんの家かな」

僕の当てずっぽうは正解だったようだ。

「ウィル、よく気がついたな」

ジンガは豪快《ごうかい》に笑うと言った。

「つってもそれでも都会の豚《ぶた》小屋に毛が生えたくらいの大きさだけどな。神々の息子に地《ち》母神《ぼしん》の巫女《みこ》様をお迎《むか》えするには粗末《そまつ》すぎるが、まあ、自分の家だと思ってゆっくりしていってくれ」

そのような軽口を言うと、年を取った老婆《ろうば》が出てくる。

彼女も毛皮をまとっている。顔に入れ墨《ずみ》があるが、皺《しわ》で隠《かく》れていた。

「こりゃ！　ジンガ！　村長の家をそのように茶化すと、神罰《しんばつ》が下るぞ」

「神罰が怖《こわ》くて狩人などできるか」

ジンガが平然と返すと、老婆は「ふん」と鼻を鳴らす。「まあええ」と続けると、僕のほうを見る。

「そこにいる少年は誰《だれ》じゃ」

視線が合ったので深々と頭を下げ、自己紹介《しょうかい》をする。

「ウィルといいます。テーブル・マウンテンからやってきました」

「こいつは神々の息子なんだぜ。ババ様」

ジンガは肩《かた》を叩《たた》きながら補足する。ババ様は目を見開く。

「なんと、おまえは神々の子なのか」

「はい」

「神……ではないようだな。人間の子か」

「はい。赤子のときに神様たちに拾って貰いました」

「なるほど、神々が人間の子を育てたのか」

得心《とくしん》したようにうなずくと、ババ様は口を開き、笑顔を見せる。歯が何本か抜《ぬ》け落ちていた。

「神々に育てられた人の子がバルカ村一番のきかん坊《ぼう》を救ってくれた訳か」

「そうだな。こいつはオレの命の恩人だ」

ジンガは事情を説明する。

ふむふむ、と、うなずくババ様。

「なるほどな。そのようなことが。つまりこの少年はおまえを救っただけでなく、このバルカ村に富もたらしてくれたというわけか」

先ほど倒《たお》したベルセル・ブルのことを指しているのだろう。彼女は村の若者を呼ぶとベルセル・ブルの死体を回収するように命じる。

指示を終えると改めて僕の方を見つめ、頭を下げる。

「このものは血の繋《つな》がりこそないが、わしの孫のような男。その命を助けて頂き、とてもありがたい」

「困ったときはお互《たが》い様です」

「それに大型のベルセル・ブルを倒してくれたこともありがたい。もしも放置していれば村に甚大《じんだい》な被《ひ》害《がい》が生じただろう」

「傷つけずに倒したから毛皮も売れるしな」

にんまりと指でわっかを作るジンガ。ババ様も「うむ」と、うなずく。

「この村にとって魔物《まもの》は厄災《やくさい》であると同時に幸福でもある。その血肉を売って糧を得ることができるのだから」

「村長のババ様はおまえを気に入ったってことだ。村人総出でもてなしてくれるぞ」

ジンガの言葉に村長も首肯《しゅこう》する。

「当然じゃ。村の恩人をもてなさずに帰したとなれば先祖の霊《れい》に申し訳が立たない」

あの世で肩身《かたみ》の狭《せま》い思いはしたくない、と村長は酒宴《しゅえん》の開催《かいさい》を宣言する。

「酒蔵を空にする勢いでもてなせ！」

村に残っていた女性たちは笑顔を浮《う》かべる。

「ババ様の許しがでたわよ！」

「今からベルセル・ブルの肉がくるわ。出し惜《お》しみはしないよ！」

「バルカ村がケチな村だって思われたら末代までの恥《はじ》さね！」

下は幼女、上は村長くらいの老人、様々な年代の女性が拳《こぶし》を振《ふ》り上げる。彼女たちは最大限の持てなしをしてくれるようだ。

有り難《がた》いことである。僕たちは彼女たちの心意気に報いるため、どっしりと席に座ることにした。

その選択《せんたく》は正しかったようで、一刻後には美味《おい》しそうな匂《にお》いが立ちこめる。

極太のベーコンの焼ける匂いが僕の鼻腔《びこう》をくすぐってきた。

†

バルカ村の名物は厚切りベーコンである。

深い森に囲まれ、農耕に適さない土地であるため、必然的に肉食中心の文化が芽生えたのだ。この村では野菜をほとんど育てず必須《ひっす》栄養素のほとんどを肉から得るらしい。

「野菜を食べないとクル病になってしまうと聞きましたが？」

ルナマリアは素朴《そぼく》な疑問を浮かべるが、当の本人であるジンガは「そんなん知るか」と答える。野菜は大嫌《だいきら》いで食べることはないらしい。

彼の代わりに僕が答える。

「極北の地の雪の民は当然野菜が食べられない。通常、人間はビタミンを採取できないと病《やまい》に罹《かか》ってしまうけど、彼ら雪の民はとあるものを食べてビタミンを摂取《せっしゅ》している」

「とあるもの？」

「動物の内臓さ」

と先ほどジンガに貰《もら》ったベルセル・ブルの肝《きも》を指さす。

「まあ」

驚《おどろ》くルナマリア。

「実は動物の内臓ってビタミンがいっぱい詰《つ》まっているんだ。だから雪の民はアザラシや海の魔物の内臓を食べることによってビタミンを得ている」

「しかし中には摂《と》れない栄養素もあるでしょうに」

「そりゃね。ただ、人間不思議なものでそれだけしか食べられないと腸に不思議な細菌《さいきん》が繁殖《はんしょく》して、それらが発酵《はっこう》をうながすことによって必要な栄養素を得ることもできるんだ」

「そんなことが。ウィル様は博学なのですね」

「ヴァンダル父さんに教えてもらったんだよ」

と言うと僕と彼女はジンガを見るが、彼のおなかはぽっこりとしていた。あそこでなんらかの菌《きん》が繁殖しているのだろうか。

そのように物珍《ものめずら》しげに見たためだろうか、「ケツの穴がむずむずする」とジンガはその場から立ち上がった。

手持ち無沙汰《ぶさた》なので村の若者たちと一緒《いっしょ》にベルセル・ブルの運搬《うんぱん》を手伝うとのこと。

僕も手伝おうとするが、それは村長に止められる。

「客人に獲物を運搬させたとあってはバルカ村の名折れ」

そのように言われてしまえば無理《むり》強いはできなかった。

なので僕は村長であるババ様と縁側《えんがわ》でお茶を頂くことにした。

バルカ村名産のハーブティーに、お茶請《う》けとしてジャーキーを頂く。

ババ様のような年寄りでも堅《かた》いジャーキーを食べられるのはなにげにすごいことであっ

た。

ババ様は「ふぉっふぉっふぉ、この村では歯を失ったものから順に死ぬからな」と自慢《じまん》の歯を見せてくれた。何本か抜け落ちているが、まだまだ元気に生きられそうなので安心する。

歯は健康の要《かなめ》であることを再確認していると、ババ様は唐突《とうとつ》に話しかけてきた。

「ジンガを救ってくれてありがとう」

「当然のことをしたまでです」

「騒《さわ》がしい男じゃろう。それにお調子者じゃ」

「……はは」

同意することはできないので苦笑いをすると、ババ様は真剣《しんけん》な表情になった。

「あの子は生まれる前に父親を亡くしてな。母親にひとりで育てられたのだ」

「…………」

「下界では寡婦《かふ》がひとりで子供を育てるのは難しいが、このバルカ村ではそうでもない。村の子供は皆《みな》家族、ジンガの母親であるシズクが狩《か》りに出掛《でか》けているときは村人がジンガを育てた」

「お母さんも狩人《かりゅうど》だったんですね」

「この村では女も弓が使える」

　ということはババ様も弓が上手いのだろうか、今は尋ねるときではないので尋ねないが。それに
「シズクは誰よりも弓の扱《あつか》いが上手く、誰よりも動物の心を読むのが上手かった。それに不思議な力を持っていた」

「不思議な力ですか？」

「そうじゃ。シズクは普通《ふつう》の人には見えないものが見えたんじゃ」

「幽霊《ゆうれい》とかですか？」

「近いかもしれない。シズクが見えたのは異界の門じゃな」

「異界の門……」

「そう、この森には異界に通じる門があるんじゃ。そこに迷い込むと二度と戻《もど》ってはこられない」

　ババ様は神妙《しんみょう》な面持《おもも》ちになる。

「この森のとある場所には異界の門が開きやすい場所がある。村の者は誰も近づかないが、稀《まれ》に旅人が迷い込み、そのまま異界に消えてしまう」

「そんな恐《おそ》ろしい場所が」

「あるんじゃよ。おまえたちがベルセル・ブルを倒した少し先に」

「……まさか」

「勘《かん》の鋭《するど》い坊だのう。その通り、ジンガはその門を探しにいってベルセル・ブルと遭遇《そうぐう》してしまったのじゃろう」

「そこは危険な場所なのですよね？　どんな勇者でも異界の門をくぐれば戻ってこられない」

「ジンガさんはどうしてそんなところに」

「本人は絶好の狩り場だから、と主張している」

「本人はといういことはババ様には違《ちが》う見解があるんですよね」

「うむ、そうじゃ。おそらく、いや、間違《まちが》いなく、ジンガは異界の門を探しているのだろう。自分の母親を救うために」

「母親を救う……？　まさか、シズクさんは異界の門に？」

「その通り」

「しかしシズクさんは異界の門が見えたんですよね？　ならば門を回避《かいひ》できたのでは？」

「そうじゃな、普段《ふだん》のシズクならばできたはず。いや、できた。しかし、そのときのシズクは焦《あせ》っていた。なぜならば愛するひとり息子が大病に冒《おか》されていたからじゃ」

「ジンガさんが……」

「幼かったジンガは高熱に苦しんでいた。緑熱病《りょくねつびょう》という死病だ。村の薬師《くすし》でもどうにもならない病を患《わずら》ってしまったんじゃ」

「緑熱病……」

「緑熱病に罹ったものは一週間以内に死に至る。脳と内臓が茹《ゆ》で上がってな。緑熱病を治すにはユニコーンの角を煎《せん》じた秘薬が必要だった」

「異次元の門が現れる場所は絶好の狩り場——、そこに棲息《せいそく》するユニコーンを狩りに行ったんですね」

「見事な推察力じゃな」

　ババ様は塞《ふさ》ぎがちな両目を大きく見開き驚く。

「さすがは神々に育てられしものといったところか」

「そんな大層なものではないですよ。父のひとりがこういうのが得意なんです」

　ヴァンダルという名の魔術師《まじゅつし》はこの手の推理が大好きだ。極めて少ない情報から真実を言い当ててしまうためローニン父さんが目を丸くすることもある。

　その息子である僕も日々、情報のアンテナを伸《の》ばし、それらを生かせるように努力していた。

「ご明察の通り、ジンガの母親は息子の病を治すため、ユニコーンの角を求め、森の奥深くに向かった。本来のシズクならば異界の門など簡単に避《さ》けられるはずであったが、焦っていたのだろう。息子の命、それに時間制限。シズクは越《こ》えてはならない一線を越えてしまった」

「ユニコーンを深追いして門の中に取り込まれてしまったんですね」

「うむ。おそらくは——」

「しかしシズクさんが異界に取り込まれてしまったのに、なぜ、ジンガさんは助かったんですか？」

「そこが人生の皮肉でな。シズクが村を旅立ったのと前後して旅の神官が現れ、ジンガの病を魔法《まほう》で癒《い》やしてくれた」

「そんな偶然《ぐうぜん》が」

いや、運命の皮肉か。愛する息子を救うために決死の思いで森に入った母親。それと入れ替《か》わるように村に聖者がやってくる。

ババ様も無念そうに言う。

「結果、ジンガは救われたが、シズクは村に戻ってくることはなかった。おそらくだが今も異界をさまよっているのだろう」

「ジンガさんは幼き頃《ころ》に自分を救うために異界にとらわれてしまった母親を探すためにあ

の場所にいたのですね」

「そうだ。本人は口にせぬがな」

「異界から母親を救い出すことはできるのでしょうか」

「あやつはそれを必死で調べておった。異界の門を探し始めたということはなにかしらの方法を見つけたということだろう」

「なるほど、無為《むい》無策ではないのか」

「意外じゃろう。能天気で無計画に見える男じゃからな」

「その辺はノーコメントで」

当たり障りのない返答を心がけると、遠くからルナマリアが僕を呼ぶ声が聞こえる。

なんでも村の女衆が僕に料理の味見をしてほしいのだそうな。

バルカ村は濃《こ》い味付けの料理が多いので、客人の口に合うか心配なのだという。

ミリア母さんの料理も美味《おい》しく食べられる僕にそんな心配は無用なのだが、断る理由もなかったので調理場に向かう。

ただ、去り際にババ様から声を掛《か》けられる。

「あそこにいる娘《むすめ》は地母神《ちぼしん》の巫女《みこ》のように見えるが――」

「ご慧眼《けいがん》です。彼女は地母神の巫女です」

「やはりな。しかし偶然とはあるものだな。幼きジンガを救ってくれたのも地母神の巫女だった。修行の途中《とちゅう》に立ち寄った巫女がジンガを救ってくれたのだ」

「ということはジンガさんは二度、地母神に救われたことになりますね。ルナマリアがこの森を突《つ》っ切ろうと言わなければ出逢《であ》うことはなかった」

「そうだな。あやつは地母神に愛されているのだろう」

と言うとババ様は祈《いの》りを捧《ささ》げる。森の民は地母神を崇拝《すうはい》しているようだ。

あとで是非《ぜひ》、村の祭壇《さいだん》でルナマリアに祈りを捧げてほしいとのことだった。

ルナマリアが断るとは思えなかったので、そのことを伝えると約束するが、僕はふと気になったことを尋《たず》ねる。

「そういえば村を救ってくれた神官さんですが、名前はなんというんですか？」

尋ねる必要のない情報だが、気になったので聞いてみる。ババ様は快く教えてくれた。

「そのお方の名前はフローラ様という。とても慈悲《じひ》深く、美しい娘だった」

懐《なつ》かしむように神官の名を口にする。

その名前を聞いた僕は「フローラ様……」と、つぶやく。

どこかで聞いたことがあるような名前だったからだ。つい最近聞いたような気がするが。

悩《なや》んでいると左手の盾《たて》が『くすくす』と笑う。

『ウィル、知ってた？　老化の初期症状は固有名詞を思い出せなくなることなんだよ』

僕はまだ一五歳だよ、と反論したいところだが、思い出せないのだから強く主張することはできない。

少しナーバスになるが、聖なる盾はのんきに言う。

『思い出せないということはたいしたことじゃないんだよ。そんなことよりもさっさとルナマリアのところに行こう。村の男衆が帰ってきたらレッツ・パーリィー！　だよ』

テンションマックスの聖なる盾。無機物である彼女は食べ物もお酒も食べられないはずだが。そのような視線を送ると彼女は得意げに言った。

『無機物でも宴《うたげ》は楽しいものだよ。人々の笑顔は最高のご馳走《ちそう》なんだ』

なるほど、なかなか良い考え方だ。見習いたいところである。

そんなふうに無機物の盾に感心していると村の入り口が騒がしくなる。

どうやら村の男衆が帰ってきたようだ。

それを合図とするかのように宴が始まる。

†

バルカ村の男たちがベルセル・ブルの素材を回収し、村に戻ってくると女たちは大皿と酒瓶《さかびん》を持ってやってくる。

村の中心にある切り株のテーブル群に所狭《ところせま》しと料理を並べる。

バルカ村名物のベーコンずくしだ。

ベーコンと鶏卵《けいらん》の炒《いた》めもの。ベーコン・スープ。ベーコンの厚切りステーキ。

それにキノコ類などの副菜もある。

肉が中心だが、意外とあっさりしているのはこの村のベーコンが良質だからだろう。脂《あぶら》身《み》が甘くて美味しいのだ。

「太ってしまいそうですわ」

とは肥満の兆候がまったくないルナマリアの言葉だが、肉だけというのは女性には辛《つら》いようだ。僕の半分でもう満腹という顔をしている。

地母神の巫女としては野菜もほしいようだが、この村ではあまり野菜を食べる習慣がないので困っている。なので彼女は自分で野草を摘《つ》みに行くと宣言をして席を立った。

その姿を見て左手の盾は、『チャーンス！　一緒《いっしょ》に行って暗がりでえちぃなことをするんだ！』と僕をそそのかすが、そのような手に乗るほど馬鹿《ばか》ではない。

それにこのパーティーの主賓《しゅひん》は僕なので容易に席を立てなかった。

ババ様を始め、村の長老連中から酒を振《ふ》る舞《ま》われてとても席を立てそうになかった。

僕はルナマリアの後ろ姿を見つめながら酒杯《しゆはい》に口を付ける。

その姿を見てジンガは言う。

「へえ、ウィルは案外酒がいけるんだな。人は見かけによらないものだ」

「父と母が酒豪《しゆごう》なもので」

日本酒を飲むヴァンダル、葡萄酒《ぶどう》ででき上がっているミリアの姿を思い出す。

「──というのは冗談《じようだん》で実は酒を注がれる前に水を入れています。三倍くらいに稀釈《きしやく》して飲んでいるんです」

「そいつは頭がいいな。うちの村の連中は飲んだくればかりだ。やつらに合わせていたら確実に酔《よ》い潰《つぶ》れる」

「実はもう限界です」

正直に話すとジンガは「かっか」と笑い、長老たちに事情を話してくれた。

「ついこの前成人したばかりの小僧《こぞう》なんだ。控《ひか》えてくれ」

そう言うと長老たちは納得してくれた。

ジンガの配慮《はいりよ》に感謝しながらしばし歓談《かんだん》すると彼は背中を叩《たた》いてくる。

「さあて、これで英雄殿《えいゆうどの》に恩を着せた。だから次はオレの願いを聞いてくれるか」

「なんなりと」

そう返すとジンガはにやりと返す。

「良い言葉だ。じゃあ、おまえはあのお嬢《じょう》ちゃんのところに行って口説《くど》いてくるんだ。祭りの夜は女も無防備になっていて口説きやすい」

「……聖なる盾と同じような思考回路だな」

軽く呆《あき》れるが、女性をひとりにするのは男の甲斐性《かいしょう》が問われると言われてしまえば従うしかなかった。

「ちょうど僕も野草を食べたかったところだ」

ベーコンは最高に美味《うま》いが、さすがに青物がほしくなってきた。そんな言い訳を自分にするとルナマリアが消えた暗がりに僕も向かった。

村人たちが騒《さわ》いでいる輪を抜《ぬ》ける。

焚《た》き火の光が小さくなると、その奥にルナマリアがいた。

彼女はなんともいえない表情でその場にたたずんでいる。

そんなルナマリアを見て聖なる盾のイージスは品のないことを言う。

『神妙《しんみょう》な面持《おもも》ちをしているね。祭りでよくあるイベント、若い男女の交尾《こうび》シーンを覗《のぞ》き見してしまったのかな』

「…………」

非難めいた視線を送るとイージスは冗談だよ、と誤魔化《ごまか》す。

僕はイージスを無視すると静かにルナマリアの横に寄り添《そ》った。彼女はすぐに僕の存在に気がつく。

「……ウィル様」

ぽつりとつぶやくルナマリア。その言葉と表情は愁《うれ》いに満ちていた。

なにかあったの？　と、さりげなく尋ねることができれば女性にもてるのだろうが、残念ながら僕には女性を口説く素養がない。

「ええと……」とか「あの……」とかどうしようもない言葉を一通りつぶやいたあとにストレートに尋ねてしまう。

「……ルナマリア、なにかあったの？」

もしもこの場にローニン父さんがいれば「かぁ！　直球過ぎるわ！」と呆れることだろうが、幸いなことにここには僕とルナマリア以外いなかった。

「…………」

「…………」

しばし沈黙《ちんもく》していると、ルナマリアの口元から「くすくす」と笑い声が漏《も》れ出る。

なにがおかしいのだろうか？　尋ねてみる。

ルナマリアは可憐《かれん》な声でこう回答してくれた。

「だってウィル様の雰囲気《ふんいき》がとても真面目《まじめ》なので」

なんでも今から世界を救うために魔王《まおう》と対峙《たいじ》するかのような顔をしていたらしい。

そんな神妙な表情をしていたのか。

鏡があれば見たいところであるが、手元にはないので諦《あきら》めると、ルナマリアに尋ねた。

「僕も神妙な表情をしていたみたいだけど、ルナマリアも負けず劣《おと》らずだったよ。なにかあったのかい？」

不意打ちだったのだろう、彼女は「私もですか？」と驚《おどろ》いた。

「うん、真剣《しんけん》な表情で聞き耳を立てていたみたいだけど」

「なんでもありませんよ」

とのことだった。彼女が向いていた方向を見るが、そこにはなにもない。しかし僕は彼女の耳がとても良いことを知っていた。

彼女と同じ光景を見るため、聞き耳を立てる。

魔法《まほう》で聴覚《ちょうかく》を強化する。

するとと茂《しげ》みの奥から子供の笑い声が聞こえてきた。

「お母さん、お祭りって楽しいね。毎日がお祭りならいいのに」

そんな無邪気《むじゃき》な台詞《せりふ》に「そうね」という言葉で返すのはおそらく子供の母親だった。子供の笑顔は親にとってはなによりもの宝物なのだろう。声から慈《いつく》しみの感情が伝わってくる。

「そうね。ウィルさんがまた来てくれたらお祭りができるわ」

「わーい、じゃあ、あとでウィルお兄ちゃんにまたこの村に寄ってもらうようにお願いする。今度来たときは剣術《けんじゅつ》を習うんだ。僕もベルセル・ブルを倒《たお》せる狩人《かりゅうど》になりたい」

「ふふふ、それにはもっと強くならないと。マイルは身体《からだ》が弱いから身体を鍛《きた》えないとね」

「どうやったら身体が強くなる？」

「そうね。マイルの嫌《きら》いなショウガ汁《じる》を毎日飲むとか」

「ええー、それはやだな」

「それじゃあ強くなれないわよ」

「ぶー」

どこにでもいる母親と子供の会話であった。

僕も幼き頃《ころ》、似たような台詞をミリア母さんに言ったことがある。あれはたしか僕の誕生パーティーの日だったか、母さんが慣れぬ手つきで誕生日ケーキを焼いてくれた。それがとても美味《おい》しかった僕は「毎日が誕生日だったらいいのに」と言ったのだ。

ミリア母さんは僕のそんな言葉を本気にし、「毎日が誕生日！」と本当に毎日誕生日ケーキを焼いてくれたことを思い出す。さすがに一週間目には飽《あ》きてしまって誕生日は年に一回でいいと前言を取り下げたが。――でも母さんの気持ちがとても嬉《うれ》しくて、胸の辺りがぽかぽかしたことを思い出す。

木々の奥から聞こえてくる母子《おやこ》の会話を聞いていると『懐《なつ》かしい』感情に包まれる。きっとルナマリアも同じ気持ちになっているのだろう。そう思ったがふと気がつく。

（……そう言えばルナマリアは子供の頃にご両親を亡くしたんだっけ）

ルナマリアと初めて逢《あ》ったとき、そんな話を聞いたことがある。彼女は幼き頃に伝染病で両親を亡くしたと言っていた。物心がつく前のことで母親のことはほとんど覚えてないらしい。ということは今、彼女が感じているのは「懐かしさ」ではなく、「好奇心《こうき》」なのかもしれない。母子のなにげない会話というものに注視していたのかもしれない。

そのことを指摘《してき》すると、ルナマリアは驚いたような顔をする。

「まさか、そんなことは……」と絶句するが、すぐに自分の中の感情に気がついたようだ。

「そうですね。そうかもしれません」と続ける。

「私は母親という存在を知らずに育ちました。幼き頃に両親を亡くし、神殿《しんでん》に引き取られたからです。甘えたい盛りに両親がいなかったので普通《ふつう》の母子を見ると少し不思議な気持ちになるんです」

「……なるほど」

「そんな深刻な表情をしないでください。——ウィル様も大変な人生を歩んでいるではないですか」

「そうだね。赤子のときに小舟《こぶね》に乗せられて川に流されるのも大概《たいがい》な人生だ」

「そうです」

「でも幸いと僕は神々が拾ってくれた。あの人たちが実の家族よりも豊かな愛情を与《あた》えてくれた。幸運だったと思う」

「ですね。しかしそれならば私の育ての親も負けていません。私は地母神《ちぼしん》の大司祭様に育てられたのですが、彼女は厳しくも愛情深い人でした。十分、幸せですよ」

「だね。ルナマリアみたいな優しい子に育てるには深い愛情が必要だ」

「はい。毎朝、日が昇《のぼ》る前に起きて、凍《こご》えるような冷水を浴びて、麓《ふもと》の村々に托鉢《たくはつ》に行って、昼からは剣《けん》と神聖魔法の稽古《けいこ》、そのあとに夕餉《ゆうげ》の準備をし、月明かりで勉強をしたら一年に一回だけ『頑張《がんば》ったわね、ルナマリア』と褒《ほ》めてくれるとても優しい大司祭様でした」

　にこやかに言うルナマリア。

「…………」

　ルナマリアの過酷《かこく》な環境《かんきょう》に絶句してしまうが、それ以上に驚いたのはルナマリアが本気でその大司祭が優しい人物だと認識していることだった。

「大司祭様は私が稽古で負傷し、骨を折ると、翌日は滝《たき》に打たれる修行を免除《めんじょ》してくれました」

　とか、

「大司祭様は真冬になると練炭を一個だけ増やしてくれるのです」

　とか、
　とても優しくないエピソードをたくさん披露《ひろう》してくれた。

　ただルナマリアにとっては大司祭は厳しくも優しい人物なのだという。

基本溺愛《できあい》のミリア母さんとは対極の母親であるが、世の中の人がすべてミリア母さんみたいだとそれはそれで困ってしまう。

そのような感想を抱《いだ》いたが、口にはしなかった。

今のルナマリアは「優しい母親」に興味を持っていることが明白だったからだ。

無言でバルカ村の母子の会話に聞き入っているルナマリア。

今、この場で彼女に掛《か》ける相応《ふさわ》しい言葉を持っていなかった僕は彼女と同じように母子の会話を聞き、母子が立ち去るまでその場にいた。

仲の良い家族にあてられたのだろうか、僕もなんだかミリア母さんが恋《こい》しくなってしまった。——無論、その感情を口に出したりはしなかったが。

第二章　時の狭間《はざま》の女狩人

†

楽しげに話していた母子が去ると、僕らは宴《うたげ》の席に戻《もど》る。

主賓《しゅひん》がどこに行っていたのだ、と村の男がばんばんと僕の背中を叩《たた》くが、気にせずもてなしを受ける。

その後、数刻ほど村の男衆は僕を肴《さかな》にして浴びるようにお酒を飲んだ。

夜も更《ふ》けると次第に人が減っていく。

酒に弱いものから順に家に戻っているようだ。

「明日は狩《か》りもままならないかも」

とのことだったが、ほろ酔《よ》い気分で帰って行くものたちは皆《みな》、幸せそうだった。

そんな感想を持ちながら宴の場に最後まで残ると、村長が解散を宣言する。

「ウィルは故郷に戻る旅の途中《とちゅう》じゃ。明日はゆっくり休んで貰《もら》うにしても明後日には旅立たせよう」

と僕に気を遣《つか》ってくれた。

村長の家に行くと、清潔なシーツとふわふわな布団が用意されていた。

長旅と酒宴《しゅえん》で疲《つか》れていた僕とルナマリアは倒れ込むように眠《ねむ》りに落ちると、翌日の昼近くまで眠り続けた。僕はともかく、鶏《にわとり》のように規則正しいルナマリアまでも寝坊《ねぼう》するなど珍《めずら》しいことであった。彼女は「地母神に申し訳が立たない」と朝のお祈《いの》りが遅《おく》れたことを嘆《なげ》くが、たまに寝坊するくらいが人間らしくていいと思った。

その後、なにもせずにゆったりと過ごす。

ノースウッドの街を出て以来、ゆったりとする時間がなかったのでとても心地よい時間だった。上げ膳据《ぜんす》え膳の生活はなかなかに悪くない。僕たちは羽を休めながら丸一日掛けて充電《じゅうでん》をすると、翌日、村長に礼を言った。

「盛大な持てなし、それに温かいベッドありがとうございました」

「なにを言う。ジンガを救ってくれたのじゃ。当然だろう」

「そうだぞ。オレの命の恩人はババ様の命の恩人だ」

うそぶくジンガ。ババ様は呆《あき》れることなく、「まあ、そんなところじゃ。さらば、とは言わない。そう遠くない未来にまた会おう」と言う。

「ですね。近くに来たときはまた立ち寄ります」

「早く来ないとババ様が墓に入ってることになるぜ。なんせもういい歳《とし》だからな」

失礼なことを言うジンガだが、ババ様は「まあ、一理ある」と笑った。表情の選択《せんたく》に困った僕はジンガに握手《あくしゅ》を求めると、「また」と力強く握《にぎ》る。ジンガの握手も力強かった。

その後、僕たちは村の入り口まで見送られると、そのまま旅を再開する。

村の人たちは山の麓まで案内をしてくれると申し出てくれたが、さすがにそれは断る。道順を聞けば自分でもなんとかなりそうだと思ったからだ。

実際、神々の山へ抜《ぬ》ける道は複雑な道であったが、困難な道ではなかった。適切なルートを歩めば森を抜けることができるだろう。ただそれでも素人《しろうと》の足では丸二日掛かるようだが。

僕たちは道に迷わぬように村人に言われたとおりの順路で歩く。なにげない会話を交わしながら歩き続ける。

「なかなかに険しい道ですね」

「バルカ村は女も子供も健脚《けんきゃく》の方が多い理由も分かるね」

「はい」

それにしても心地よい森だ。ルナマリアは全身で木漏《こも》れ日を浴びる。その姿は樹木の妖《よう》精《せい》ドライアドのように美しい。僕は魅入《みい》られるかのように彼女を見つめながら歩く。

　すると今まで同じだった景色に変化が見られる。鬱蒼《うっそう》とした森から、陽光が差す森へと変わったのだ。つまり森の端に近づきつつある、ということだった。

「やはり餅《もち》は餅屋、森は森の民ですね。短縮しようと近道を使うと迷ってしまう。まさに急がば回れ、です」

「だね。このまま行けばテーブル・マウンテンの麓に到着《とうちゃく》できそうだ」

　安堵《あんど》の溜《た》め息を漏らすと日が暮れる。

　夕日が落ちかけると同時に、遠くから爆音《ばくおん》が響《ひび》き渡《わた》る。

　僕たちはそれが聞こえた方向を見るが、森の奥からもくもくと煙《けむり》が上がっていた。

「……バルカ村のほうだ。なにかあったのかな」

「爆音は村から離《はな》れています。炸裂音《さくれつ》でしたから、矢に付ける火薬が爆発《ばくはつ》したようですね」

「さすがはルナマリアだ」

　彼女の聴覚《ちょうかく》と推察力を称賛《しょうさん》すると、僕は観察力を披露する。

「あの村で爆裂《ばくれつ》矢を使うのはジンガさんだけだったみたい。自然に反するものを使うのを嫌《きら》う風習があるから」

「ならば消去法でジンガさんが戦っているということですね」

「ただ狩りをしているだけならばいいけど、おそらく違《ちが》う。ジンガさんはプロだから、狩った獲物《えもの》が傷む爆裂矢はそうそう使わない」

「ということは爆裂矢を使わざるを得ない状況《じょうきょう》にいるということですね」

「ご名答。さて、来た道を引き返そうか」

「せっかく麓付近まで来たのに、とは言いません。ウィル様が友人の危機を放っておく訳がありませんから」

とルナマリアは微笑《ほほえ》む。その通りなので弁明はせずにきびすを返した。

ここまでくるのに丸二日かかったが、戻るのにはそれほど時間は掛からない。迷うことなど想定せずにまっすぐ進めばいいからだ。それに時折、聞こえてくる爆裂音が道しるべとなってくれた。

聴覚のいいルナマリアは聞こえてくる爆裂音の発生場所を正確に把握《はあく》していたのだ。時折、聞き耳を立てるために立ち止まるが、迷うことなくジンガのもとへ戻ることができた。

森を数里戻ると、弓を引き絞《しぼ》り、ベルセル・ブルと対峙《たいじ》しているジンガを見かける。

彼の第一声は「またベルセル・ブルかと思っているだろう」だった。

「それよりも『また』この場所なのが気になります。ジンガさん、まだお母さんを諦《あきら》めれないのですか。あれだけ危険な目にあったのに」

「さすがにそこまで母親が恋しい年頃《としごろ》じゃないよ」

「じゃあ、なんでここに？　異界の門を探しているんじゃ」

「違う。オレが探しているのはユニコーンの角だ。高熱を冷ましたい」

「まさかまた病《やまい》が再発したんですか？」

「残念ながらそんな病弱キャラじゃないよ。薄幸《はっこう》の美青年で線が細いのは認めるが」

「…………」

「そんなどこから突《つ》っ込めばいいんだろう、という顔をするな。オレがユニコーンの角を探しているのはマイルのためだ」

「マイル？」

「村の子供だ。マイルが緑熱病《りょくねつびょう》に罹《かか》ってしまったんだ」

「なんだって⁉」

「マイルを救うためにはユニコーンの角がいる。だからオレが取りにきた」

「分かりました。僕も協力します」

「ふたつ返事だな」

「当然です」

「もしも万が一、異界の門に取り込まれたら、いくらおまえでも戻ってこられないぞ」

「承知の上です」

「相変わらず正義感に満ちあふれた男だぜ。分かった。引き留めても無駄《むだ》だからこちらからお願いしようか。どうか、ユニコーン捕獲《ほかく》に付き合ってくれ」

「承知です。取りあえずあのベルセル・ブルをなんとかしますね」

「おいおい、台所のゴキブリを叩き潰《つぶ》すみたいに軽く言うなよ」

「ゴキブリのほうが厄介《やっかい》ですよ。やつらは素早い」

そう言うと僕は両手に炎《ほのお》を宿らせる。

「先日出会ったベルセル・ブルはとてもデカかった。二つ名付きモンスターみたいに強力だった。でも、こいつはそうじゃない。普通《ふつう》の個体だ」

つまり魔術《まじゅつ》の神に魔法《まほう》を習った僕の敵ではないということだ。

不敵に心の中で宣言すると、両手に溜めた魔法を解き放つ。

《炎嵐》と《炎嵐》をふたつ掛け合わせた合成魔法。《獄炎《ごくえん》》という魔法だ。

この魔法はその名の通り地獄《アビス》の炎をこの地上に再現する魔法。超《ちょう》高温の炎をこの世に具現化させるのだが、僕の使う獄炎は普通の《獄炎》とは違う。その炎が小さいのだ。

これは森を延焼させないための処置だった。

テーブル・マウンテンに生い茂《しげ》る美しい木々を傷つけないために編み出した工夫であるが、だからといって威力《いりょく》が劣《おと》るわけではなかった。

いや、むしろ僕の《獄炎》は通常のものよりも遥《はる》かに高温だった。

あのヴァンダル父さんが舌を巻くほどの威力を誇《ほこ》っているのだ。

魔術の神も驚《おどろ》くほどの炎をベルセル・ブルにぶつける。

燃え上がる牛の魔物《まもの》。

あっという間に肉が焼け上がり、辺りに美味《おい》しそうな匂《にお》いが充満《じゅうまん》する。

それを見ていたジンガは、「ひゅう」と口笛を吹《ふ》くと僕を称賛する。

「剣士《けんし》としても最強だが、魔術の腕《うで》も一人前だな」

「でも弓の腕ではジンガさんに敵いませんよ」

「だな。弓の腕まで負けてしまえば立つ瀬《せ》がないし、オレの役がなくなる」

ジンガはそう言い放つと背中の矢筒《やづつ》から素早く矢を取り出し、速射する。

びゅっと放たれた矢は木々の間から出てきた二匹《ひき》目のベルセル・ブルの眉間《みけん》を射貫《いぬ》く。

やはりジンガは狩人《かりゅうど》としては一流のようだ。その弓で何匹ものベルセル・ブルを葬《ほうむ》り去ったらしい。

――しかし、二匹のベルセル・ブルを瞬殺《しゅんさつ》したはいいが、森の奥からは興奮した獣《けもの》の雄《お》叫《たけ》びが聞こえてくる。どうやらまだ何匹もいるようだ。切りがない。

「この森はベルセル・ブルの楽園なんですか」

「二〇年に一度はな」

「と言いますと？」

「前に繁殖《はんしょく》したときはオレが緑熱病に倒《たお》れたときだ。つまりこの森で緑熱病が流行《はや》るとやつらも大量発生するのさ」

「ベルセル・ブルが病原菌《きん》を運んでくるのでしょうか」

「さあな、因果関係は知らないが。ただ言えることは二〇年前、オレの母親もベルセル・ブルをなぎ倒しながら森の奥に向かい、ユニコーンを狩《か》りに行ったということだ」

「──それの再現をしなければいけないということか」

「だな。怖《こわ》いか？　おまえは関係者じゃない、逃《に》げ出しても誰《だれ》も文句は言わないぞ」

「まさか。宴《うたげ》のお礼をしないと。マイル君のお母さんが焼いてくれた厚切りベーコンはとても美味しかった。一宿一飯の恩義です」

僕はそう返答すると木々の間から顔を出した三匹目のベルセル・ブルに《火球》の魔法を投げつけた。雄牛《おうし》の剛毛《ごうもう》は瞬《またた》く間に燃え上がった。

それを見てジンガは唇《くちびる》を鳴らす。

「さすがは神々に育てられしものだ。二〇年に一度のチャンスにこんな男と出会えるなんてオレは幸運だな」

†

ベルセル・ブルの剛毛が燃え上がる。

それを確認しながら僕たちはきびすを返す。

「ウィルならばあの程度の魔物、簡単に倒せるんじゃないか」

疑問を投げかけるのはジンガだが、僕は冷静に返答する。

「あの大きさのならね。でも森の奥から不穏《ふおん》な空気が流れている」

深刻そうに言うとルナマリアがうなずく。

「森の奥からとても大きな物体が近づいてきます。木々をなぎ倒し、最短距離《きょり》で」

「ルナマリアの聴覚は正確だ」

「つまりこの前倒したみたいなのが森の奥にはまだいる、ってことか」

「この前のよりも大型かも」

ルナマリアも深刻にうなずく。

「ならば逃げの一手だな。三十六計なんとやらだ」

避《さ》けられる戦闘《せんとう》は避ける。強大な魔物と戦ってこそ冒険《ぼうけん》者冥利《みょうり》に尽《つ》きる、などという感性を持ち合わせていない僕らはなんの躊躇《ためら》いもなく走り出す。

「しかし、ユニコーンはあいつらが湧《わ》いてくる森の奥にいることが多いんだが」

「ならば巨大種《きょだい》がこの場にきたら、入れ替《か》わるように隙《すき》を突いて、森の奥へ向かおう」

「妙手《みょうしゅ》だ。ただ、これ以上進むと異界の門に引き込まれる可能性がある」

「ジンガさんはその台詞《せりふ》をマイル君の母親に伝えられますか？」

「……ふ、そうだな。愚問《ぐもん》だった。おまえたちもここまできたからにはもはや恐《おそ》ろしいものなどなにもあるまい」

「そうですね。恐るべきは自分の中にある怯懦《きょうだ》のみです」

ルナマリアは怯《ひる》むことなく言い放つ。

この森の奥に現れる異界の門は普通の人間には見えないらしい。それに取り込まれればどのような勇者も帰ってこられなくなるらしいが、だからといって逃げ帰る理由にはならなかった。

ルナマリアは言う。

「私は神に視力を捧《ささ》げることにより、神の声が聞こえるようになりました。それに聖なる力もこの身に宿っています」

「つまり異界の門を察知できるんだね」

「ある程度ですが……」

こくりとうなずく。なんでも大地母神《ちぼしん》の大司祭様から習ったそうだ。この世界には異界に通じる門があり、それを察知する術《すべ》も。光を捧げた彼女はそういった超常《ちょうじょう》的なものを察知しやすいらしい。

「ならばルナマリアを先頭に進もう。今、森の奥から現れたベルセル・ブルを倒したら、一斉《いっせい》に駆《か》け込むよ」

「はい！」

「おお！」

ふたりはなんの躊躇《ちゅうちょ》もなく応えてくれたので、そのまま雷撃《らいげき》の魔法を放つと、ベルセル・ブルを倒した。すると同時に木々をなぎ倒しながら巨大なベルセル・ブルが今までいた場所に押し入ってくる。

入れ替わるようにして僕らは森の奥へと入った。

ベルセル・ブルの大きな鼻と耳は僕たちの存在をすぐに嗅《か》ぎつけたようだ。即座《そくざ》に反転して追ってくる。

「僕たちにご執心《しゅうしん》だね」

「相当仲間を狩ったからな、恨《うら》まれているのだろう」

と思ったが、ベルセル・ブルは前方にいる仲間をむんずと摑《つか》むと、頭ごとかじりついた。鮮血《せんけつ》が飛び出て木々を濡《ぬ》らす。

「仇討《かたきう》ちではなく、お腹《なか》が減っているだけみたいだね」

「そのようだ。神々に育てられた少年と穢《けが》れなき巫女《みこ》様の肉だからな。さぞ美味しそうな匂いを発散させているのだろう」

ジンガがそう言い張るとくるりと上半身だけ回転させ、背中から爆裂《ばくれつ》矢を取り出す。それを大型種のベルセル・ブルの顔に当てる。見事な精度だった。致命傷《ちめいしょう》こそ与《あた》えられないものの敵を怯ませるに十分だった。

その間に距離を空けたいところだが、それはなかなかに難しい。すでにここは普通の森ではなかったからだ。

「ウィル様そちらは危険です。この世界とは違《ちが》った空気が流れている」

ルナマリアを全面的に信頼《しんらい》している僕は彼女の言葉に従う。その道は避ける。すると側面から攻撃《こうげき》しようとした小型のベルセル・ブルが次元の狭間《はざま》に飲み込まれ、姿を消す。

「……あれが異界の門か」

「そうです」

ルナマリアはうなずく。

「あれに取り込まれたら容易にはこの世界に戻《もど》ってこられません」

「気をつけないとね」

と言うと前方にさらに門があるらしいとルナマリアが教えてくれる。

僕たちはその道を避けるが、大型種もそれを避ける。

「もしかして私たちの会話が聞こえているのでしょうか？」

「聞こえてはいても理解はできていないと思う。大型種は本能で避けてるんだと思う」

それにはジンガも同意する。

「ウィルの意見に賛成だ。やつを異界の門にいざなってこの世界からご退場願おうと思ったが、そうは問屋が卸《おろ》さないようだ」

「ですね。しかし、逃げながらユニコーンを探すのは不可能だ」

幻獣であるユニコーンは騒音《そうおん》どころか衣擦《きぬず》れの音ですら嫌《きら》うといわれている。今、この状況《じょうきょう》でユニコーンを捕獲《ほかく》するなど不可能のように思われた。

――それにこのまま永遠に逃げ続けることはできない。速度こそ僕らのほうがわずかに速いが、ベルセル・ブルには無限にも近い体力がある。このままではいつか捕捉《ほそく》されてしまうだろう。

なんとかこの状況を変えないと。

そう思った僕はルナマリアに尋《たず》ねる。

「ルナマリア、君の聴覚《ちょうかく》は木菟《ミミズク》のように鋭敏《えいびん》だね」

「ありがとうございます。これも神の恩寵《おんちょう》です」

「その神の恩寵に頼《たよ》りたい。この近くに異界の門はない？」

ルナマリアは目をつむると、耳に手を添《そ》える。全神経を聴覚に集中させているようだった。十数秒後、回答を得られる。

「あります。この先が崖《がけ》になっていてその下にぽっかりと門が開いています」

それを聞いた僕は思わず笑みを漏《も》らす。

これ以上ない場所に門があったからだ。

「最高だ。これもルナマリアが毎朝、地母神にお祈《いの》りを捧げてくれるお陰《かげ》だ」

「いい作戦を思いつかれたんですね」

「まあね」

僕はそう言うと前方にある木の枝にぶら下がっている大きな蜂《はち》の巣を指さす。蟻塚《ありづか》のように大きな蜂の巣だ。

「あれはキラー・ビーの巣だ。とても凶暴《きょうぼう》な蜂」

「知っています。しかしその蜂の巣から採取できる蜜《みつ》は絶品です」

「知っている。ルナマリアがよく紅茶に添えてくれるからね。ちなみに今、キラー・ビーの蜂蜜は持っている？」

こくりとうなずくルナマリア。彼女から蜂蜜の瓶《びん》を拝借すると、人差し指で軽く舐《な》める。

「うん、いい味だ。さて、これからこれをベルセル・ブルの顔に投げつけるけどいいかな？」

「食べ物を粗末《そまつ》にするのは地母神の教えに反しますが、ウィル様が意味もなく食べ物を粗末にするわけがありません」

「もちろん」

と言うと僕はベルセル・ブルの顔面にめがけ、蜂蜜の瓶を投げる。粘度《ねんど》の高い琥珀《こはく》色の液体はベルセル・ブルの顔全体に広がる。

「蜂蜜で目くらましをさせるのですね、さすがはウィル様です」

「さすウィルは早いかな」

たしかにベルセル・ブルは蜂蜜によって視界を奪《うば》われているが、それも数秒のことだった。腕《うで》で拭《ぬぐ》うとすぐに視界を回復させる。足止めにもならない。ルナマリアとジンガはそう思ったようだが、ここからが僕の本領だった。

魔術《まじゅつ》の神ヴァンダルの言葉を思い出す。


「いいか、ウィルよ。おまえはこのテーブル・マウンテン最強の人間じゃ」

「えへへ、ありがとう。これも父さんと母さんが修行をしてくれているからだよ」

「うむ。しかし、最強なのは『人間』としてだ」

「だね。父さんたちにはとても敵わない」

「ああ、我々はこれでも神だからな。剣神《けんしん》ローニンはおまえに最高の剣術《けんじゅつ》を教えた。だが剣術ではローニンに敵わないだろう。治癒《ちゆ》の技でもミリアに遠く及《およ》ばない」

「魔術でもヴァンダル父さんに勝てないよ」

「そうじゃな。しかし、おまえは自分が足りないことを知っている。己の実力が不足していることを謙虚《けんきょ》に自覚している。無知の知の境地にたどり着いている」

「無知の知？」

「そうじゃ。無知の知とは自分が知らぬことを謙虚に認め、足りない部分を補おうとする心持ち。この精神を持つことができる人間は少ない。人はすぐに驕《おご》ってしまうからな」

「死ぬまで修行の連続だね。精進しないと」

「そうだ。しかし、力こそ我らに及ばないが、おまえには我らにない武器を持っている」

「武器？」

「そうだ。その武器は『全能《オールマイティ》』だ」

「オールマイティ？　それは少し言い過ぎじゃ……」

「言い過ぎなものか。それが厭《いや》ならば汎用《はんよう》性と言い換《か》えてもいいぞ。いくら知識や技術を持っていてもそれを活用できないものは多い。しかしおまえは違う。知識や技術を活かす知恵《ちえ》を持っている」

「そうかな。ヴァンダル父さんの足下にも及ばないと思う」

「わしは机の上で物事を考えられるが、戦いながら考えるのは苦手じゃ。生来の運動音痴《おんち》だからな。ローニンは逆に戦いながら考えるのが上手い。しかもなかなか兵法にも通じている」

「ミリア母さんは？」

「あいつはなにも考えていない」

思わず苦笑してしまう当時の僕。

「――しかしその直感力はなかなかのものだ。なにも考えずに最適解を選ぶことが多い」

たしかにそうだった。ミリア母さんは塩と砂糖の入った壺《つぼ》が分からなくなったとき、九九パーセントくらいの確率で正解の壺を取る（その一パーセントが失敗をしたとき、魔女《まじょ》の釜《かま》で茹《ゆ》でたようなグロい料理を出すが）。道に迷ったときもすぐに正解の道を選び、元の道に戻れる特技もある。

　ミリア母さんの特性を考える僕を見て苦笑を漏らすヴァンダル父さん。

「このように我ら神々は最強の能力を有しながら、それぞれに短所を抱《かか》えている。しかし、おまえにはそれがない。ウィルよ、おまえはわしに匹敵《ひってき》する知識を持ちながら、ずば抜《ぬ》けた運動神経を有している。俊敏《しゅんびん》に動き回りながら『汎用性』を発揮することができる」

「子供の頃《ころ》からローニン父さんに鍛《きた》えられたからね」

「さらにおまえはミリア譲《ゆず》りの勘《かん》の良さを持っている。無意識に最善手を見極めてしまうのだ。その場所《フィールド》にあるものを活用し、自分よりも強いものを倒《たお》す、いわば強者殺《ジャイアント・キリング》しの能力を持っているのだ」

　目を細めるヴァンダル父さん。僕の成長を心の底から喜んでくれているようだった。


　しばし過去に思いをはせるが、過去を懐《なつ》かしむほど歳《とし》を取っていなかった。

　それに今、思いをはせなければいけないのは目の前の魔物《まもの》だった。ベルセル・ブルは感傷に浸《ひた》りながら対処できるようなモンスターではなかった。全力で対処しなければ倒せないモンスターなのだ。

改めて気を引き締めると己の内の策をルナマリアとジンガに披露《ひろう》する。

「ルナマリアにジンガさん、これからあいつを崖の下に落とすけど、手伝ってくれる？」

ルナマリアは即答《そくとう》する。

「もちろんですわ。でもあの魔物は賢《さか》しく、狡猾《こうかつ》です。どうやって崖から落とすのです？」

「簡単さ。こちらがやつ以上に狡猾になればいいんだよ」

軽く返すと僕はベルセル・ブルを指さす。

「やつの顔に蜂蜜を投げつけたのは美容パックをするためじゃない。森にいるとある生き物の習性を利用するためさ」

そう説明すると同時に後方から、「ぶーん」という重低音が聞こえる。耳の良いルナマリアはすぐに気がつく。

「あれは羽音。……ウィル様は蜂の習性を利用するのですね」

「正解。来る途中《とちゅう》でキラー・ビーの巣に石を投げつけておいた。さらにやつの顔にキラー・ビーの蜂蜜を塗《ぬ》ったから――」

その先はルナマリアが得意げに言った。

「怒《おこ》ったキラー・ビーはベルセル・ブルを敵と勘違《かんちが》いし、襲《おそ》うというわけですね」

「その通り」

と言うと言葉の通りになる。巣を刺激《しげき》されたことで怒った蜂たちがベルセル・ブルの顔に群がっている。キラー・ビーは大型種蜂であるが、戦闘力《せんとう》は高くない。ただ、小さい身体《からだ》の割には闘争心《とうそう》が高く、一度敵と認定したものを執拗《しつよう》に追い回す習性がある。まさに殺人蜂だ。

殺人蜂はベルセル・ブルの親指ほどの大きさであったが、それゆえにまとわりつくことができた。

鼻の穴や目を攻撃《こうげき》されたベルセル・ブルはのたうち回る。

それを見たジンガは「いい気味だ」と笑うが、これだけでベルセル・ブルを崖の下に誘導《ゆうどう》するのは難しいと思ったのだろう。弓を素早く速射し、目を攻撃する。

ベルセル・ブルは「ウォォォン！」堪《たま》らないといった感じで仰《の》け反る。これを好機と見たルナマリアは右手に聖なる魔法《まほう》を溜《た》め、前線に出ようとする。

あと数歩、十数メートル、後ろによろめかせれば崖の下に落とせると思ったのだろう。ここぞとばかりに攻撃を加える。その判断力は素晴らしかったので僕も攻撃に加わるが、僕の魔法がやつの足に当たったのが決め手となった。

やつは数歩、よろめくとそのまま崖の下に落ちていく。

それを見たルナマリアは表情を緩《ゆる》める。

「さすがはウィル様です。キラー・ビーを使う機転、それに的確に魔法を加える判断力、まるで賢者《けんじゃ》のようです」

その後も僕の美点を褒《ほ》め称《たた》えるルナマリア。いつもの「さすウィル」が始まった。しかし、それは戦闘が終わった証拠《しょうこ》でもあると思う。さすがのルナマリアも余裕《よゆう》があるときしか僕を褒め称えないのだ。

――そんな感想を抱《いだ》いたのがいけなかったのだろうか。それとも僕がベルセル・ブルの生命力を舐めすぎていたのだろうか。あるいは双方《そうほう》なのかもしれないが、僕を含《ふく》め仲間の全員が油断していたのはたしかだった。

崖《がけ》の下に落ちたはずの化け物の咆哮《ほうこう》が耳をつんざく。

見ればベルセル・ブルはまだ崖の下に落ちていなかった。その下でぽっかりと口を開けている異界の門に取り込まれていなかった。

やつはまだこの世界にとどまり、崖に摑《つか》まっていたのである。

右手を崖に刺《さ》し、落ちずに済んでいたのだ。

その執念《しゅうねん》、恐《おそ》るべきものがあるが、それ以上に恐ろしいのはやつが自分の身を守るよりも復讐心《ふくしゅう》を満足させようとしているところだった。

ベルセル・ブルは空いていた左手を崖の縁《ふち》に伸《の》ばすのではなく、崖を破壊《はかい》することに使った。左手で崖を殴《なぐ》りつける。渾身《こんしん》の一撃《いちげき》を見舞《みま》う。

すると崖にヒビが入り、崩《くず》れ落ちる。

一瞬《いっしゅん》のことだった。ベルセル・ブルの予想外の行動に僕たちはとっさに反応できなかった。

ゆえに一番崖に近い場所にいたルナマリアが崩落《ほうらく》に飲み込まれていく。

まるでスローモーションを見ているようだった。

彼女もなにが起こったのか分からなかったようだ。ただ手を伸ばし、重力に支配される。

ジンガはただ呆然《ぼうぜん》としていたが、僕は何もせずにはいられなかった。ルナマリアを救おうと崖の縁から手を伸ばす。一瞬、あと数ミリのところまで手が届くが、彼女の手を握《にぎ》りしめることはできなかった。

やがてルナマリアは小さくなり、消えていく。

崖の下にある異界の門へと吸い込まれていく。

見ればあれほどの巨体《きょたい》と存在感を誇《ほこ》ったベルセル・ブルはすでにこの世界から消えていた。

まるでこの世界に最初からいなかったかのように忽然《こつぜん》と消えていた。

ルナマリアもである。

彼女がいない世界はどうしようもなく静かだった。

†

ルナマリアが異界の門に飲み込まれたことを確認した僕はなんの躊躇《ちゅうちょ》もなく崖から飛び降りようとした。そんな僕の肩《かた》を掴むのは狩人《かりゅうど》のジンガだった。

「おい、ウィル、まさかおまえも異界の門に飛び込むって言うんじゃないだろうな」

「飛び込む」

なんの躊躇も迷いもなく即答する。

「おまえはうちの村のババ様に聞かなかったのか。あの門に入ると二度と戻《もど》ってこられないんだぞ。うちの母親もそうだった」

「知っている。でも、そんなの関係ない、ルナマリアを助けないと」

僕の目を見て説得するのは不可能と悟《さと》ったのだろう。ジンガは大きな溜め息をつく。

やれやれ、というポーズをした上で、彼は懐《ふところ》からなにか取り出す。

「……それは？」

「これは『結界打破の護符《ごふ》』だ」

「結界打破？」

「読んで字の如《ごと》くだ。これは異界の門を破壊できる護符だ」

「そんなものを持っていたんだ」

村でババ様が「ジンガのやつはなにかしらの方法を見つけたのだろう」と言っていた、きっとこのことを指していたのだろう。

「手に入れるの大変じゃありませんでした？」

「まあな。商人に大枚《たいまい》をはたいてやっと手に入れた。なんでも徳の高い坊《ぼう》様の即身仏《そくしんぶつ》のキモを煎《せん》じて作ったインクで作ったそうな」

「御利益《ごりやく》がありそうだね」

「ありありだよ。これを使えば異界から現世に戻ってこられる。――ただし、異界の内側からしか効果がない」

「それでジンガさんは異界の門を探していたんですね」

「そういうこと。おまえたちがいたからここまでこられたんだ。だからこれはおまえたちが使え」

「いいんですか？　お母さんを救う最後の手段なんでしょう？」

「そうだ。しかし、この護符は三枚ある。つまりおまえとあのお嬢《じょう》ちゃん、それに母さんを連れ戻すには十分ってことだ」

「ジンガさんは迎《むか》えに行けないってことですね」

「かまいはしない。結果的に母さんを連れ戻せるならば。それに最強の神の子と聖女様が行ったほうがなにかとやりやすいだろう」

オレの代わりに頼《たの》むわ、と軽口を叩《たた》くジンガであるが、僕は知っていた。自分の力でお母さんを救えない悔《くや》しさを。大好きな人の命運を他人に委ねる心細さを。それを知っているだけに逡巡《しゅんじゅん》することはできなかった。

僕はジンガから護符を受け取ると、彼の右手を力強く握り締めた。

「どんなことがあってもルナマリアとジンガさんのお母さんを連れて帰ります」

決意に満ちた言葉にジンガは微笑《ほほえ》む。

「おまえを信じている」

その言葉を耳に焼き付けると、僕は崖から飛び降りた。

ぽっかりと口を開け、雄牛《おうし》と聖女を飲み込んだ異界の門へ僕も飛び込んだ。


カコン……

カコン…………

カコン…………………


気が付けば僕は薄《うす》もやの掛《か》かった場所にいた。

霧《きり》のようなものに包まれた森にいた。

そこが異界であると理解するのに時間が掛かった。なぜならば霧があることと、太陽がないこと以外、普通《ふつう》の森となんら変わりがないからだ。

「……ここは異界なのか」

ぽつりとつぶやくと、見慣れた顔がにゅっと出てくる。

「正解でございます。ウィル様」

僕が慌《あわ》てなかったのはその人物に敵意がないと分かったからだ。彼女はこの世界で一番優しい巫女《みこ》様。ルナマリアだった。

どうやら彼女は気を失った僕を膝枕《ひざまくら》していたようだ。

「ルナマリア。さっそく再会できて嬉《うれ》しいよ」

「私はその一〇倍嬉しいです。まさかこのような場所まで追ってきてくださるなんて」

にこりと微笑む聖女様。その笑顔にすべてが癒《いや》されていくような気がする。

「当然だよ。君を救うためならば地獄《アビス》の底でも行くよ」

「ならば徳を積んで天国《アヴァロン》に行きとうございます」

「君ならば行けるさ」

にこりと微笑むと、ルナマリアも同じように微笑み、僕の目を見つめる。

しばし彼女と見つめ合うが、その時間は永遠には続かなかった。


くしゃり、と落ち葉を踏《ふ》む音が聞こえる。


「──気が付いた？　ルナマリア」

「──ええ、もちろん、この世界には我々以外にも誰《だれ》かがいるようですね」


うなずき合うふたり。

「敵ではないといいけど」

「少なくともベルセル・ブルではないようですが」

そのようなやりとりをしていると、闊達《かったつ》な女性の声が聞こえる。

「お、その様子じゃ、このあとチュッチュには発展しないようだね。異界じゃ娯楽《ごらく》はないからデバガメしてやろうと思ったのに」

「…………」

「…………」

あんまりな場所であんまりな台詞《せりふ》を聞いてしまったので、一瞬、言葉を忘れてしまったが、僕はすぐにその女性が誰であるか気が付いた。

それを確かめる。

「あなたはもしかしてシズクさんではないですか？」

その言葉を聞いた女性はきょとんとする。

「たしかにそうだけど、あんたと会ったことあったかい？　見たところ街の子に見えるが、街に行ったときに逆ナンでもしたかねえ」

うーん、と唸《うな》るシズクさん。悩《なや》んでいる姿はジンガにそっくりだ。容姿ではなく仕草などがそっくりなのだ。シズクさんの容姿はどちらかといえば美人に分類される。

「違《ちが》います。シズクさんとは会ったことはありません。しかしあなたの息子であるジンガさんとは知り合いです」

その言葉にシズクさんは前のめりになる。

「ほんとかい⁉　ていうか、あの子、生きてたんだね」

心底ほっとし、涙目《なみだめ》になるシズクさん。たしかに彼女の認識だとジンガは緑熱病《りょくねつびょう》に伏《ふ》せている子供なのだ。

僕は現状を報告する。

「シズクさん、驚《おどろ》かないでくださいね。実はあれから二〇年近くの時が流れています」

「ま、まじかい⁉」

驚愕《きょうがく》の表情を浮《う》かべるシズク。

「おそらく、こちらの世界では時間がゆっくり流れているようです。シズクさんの容姿が若々しいお母さんなのがその証拠《しょうこ》」

「当たり前だろう。あたいはまだ一〇代だ」

「やっぱりそうなんですね。異界とあっちの世界では時の流れ方が違うようです」

「そんなの信じられないね、──と言いたいところだが、ここは異界だからね。あっちの世界とはなにもかもが違う。そういう伝承も聞いたことはある」

「その伝承は真実だったようですね」

「つまりこっちよりも外の時間はあっという間に流れてしまう、ってことか」

「そうです」

「それじゃあ、早くここから出ないとジンガのやつが老衰《ろうすい》で死んじまうね」

「ですね。ささっと脱出《だっしゅつ》しましょう」

僕は懐にある『結界打破の護符』に手を伸《の》ばすが、その動きが止まる。

視界の先に見慣れぬものが飛び込んでしまったからだ。


透《す》き通るような蒼《あお》い獣皮《じゅうひ》を持った美しい馬が目の前をよぎった。

真っ白な雄々《おお》しい角も持っている。


「あれはユニコーン!?」

ルナマリアも驚いている。

ユニコーンはなかなか見られない幻獣だからだ。

ただシズクさんは驚く様子がない。

「ああ、ユニコーンね。この森ではときたま見かける」

「もしかしたら幻獣は普段《ふだん》は異界で生活し、時折、我々の世界にやってくるのかもしれませんね」

「そうだね。そう考えるとレアなのが説明つくね。──って、あんたたち、物欲しそうな目をしているね」

シズクさんの言葉に僕たちはどきりとしてしまう。

実は今、あの一角獣《いっかくじゅう》の角がほしいのだ。

あの角を持って帰れば村の子が救われる。

マイルという名の少年の命が助かるのだ。

そう思うと見逃《みのが》すことはできなかった。

僕はルナマリアのほうへ振《ふ》り向くが、彼女は当然のように微笑む。

「ウィル様ならば必ずユニコーンを狩《か》るとおっしゃると思っていました。無論、このルナマリアも一緒《いっしょ》です。ふたりでユニコーンの角を手に入れ、緑熱病で苦しむマイル少年を救いましょう」

なんの躊躇《ためら》いも戸惑《とまど》いもない答えだった。僕とルナマリアのやりとりを見てシズクさんもうなずく。

「あんたらのやり取りを見て分かったよ。あんたらがとても優しい人間だってことが。マイルっていうのはバルカ村の子なんだろ？　ならあたいも手伝うよ」

「それは駄目《だめ》です。シズクさんの帰りを待っている人がいますから」

「なあに今さら数日待たせてもジジイにはならないだろう。それにあんたらを見捨てて息子の顔を見に行ってしまったらシズクの名は恥知《はじし》らずの代名詞になってしまう」

真剣《しんけん》な瞳《ひとみ》で言うシズクさん。そのような表情をされては断ることなどできない。それにこの森は時間の流れが普通とは違う。議論すればするほど現実で時間が経《た》ってしまうのだ。マイル少年は今この瞬間《しゅんかん》、高熱に苦しんでいる。一刻も早くユニコーンの角を持ち帰らなければならないのだ。

そう判断した僕はシズクさんに『結界打破の護符《ごふ》』を渡《わた》すと走り出す。

彼女も一緒に走りながら尋《たず》ねてくる。

「これは？」

「ジンガさんが用意してくれた結界打破の護符です。これを使えばここから抜《ぬ》け出せる」

「へえ、ありがたいね。息子からの母の日のプレゼントってわけか」

大事に使おう、と首から掛ける。

僕たちはそのままユニコーンを追う。

ユニコーンは僕の追跡《ついせき》にすぐに気が付き、速度を速める。距離《きょり》こそ離《はな》されないが、なかなか攻撃《こうげき》が届く範囲《はんい》まで詰《つ》め寄れなかった。

「くそッ……」

自分の鈍重《どんじゅう》さが腹立たしいが、反省会を開いている暇《ひま》はない。愚直《ぐちょく》にユニコーンを追いかける。途中《とちゅう》、ルナマリアも手伝ってくれるが焼け石に水だった。

ユニコーンは駿馬《しゅんめ》のような強靭《きょうじん》さと山羊《やぎ》のような瞬発《しゅんぱつ》力を持っていた。

僕とルナマリアは汗《あせ》を滲《にじ》ませる。

「……これはなかなか捕《と》らえられそうにありませんね」

「……だね」

互《たが》いに顔を見合わせると苦笑いをする。

僕はヴァンダル父さんの書斎《しょさい》にあった『ウラシマタロウ』という童話を思い出す。ここではない世界の童話だ。ウラシマタロウは助けた亀《かめ》に竜宮《りゅうぐう》城という場所に連れて行かれる話だが、そこは海の上とは時間の流れ方が違うのだ。ウラシマタロウは竜宮城に留《とど》まったせいで地上に換算《かんさん》して数十年の時間を過ごしてしまった。無論、そうなると家族や縁者《えんじゃ》は皆《みな》、死んでいる……。

この話の教訓は時間の流れを甘く見てはいけないということだ。

ウラシマタロウは反面教師にしなければならない。

そう思った僕はさらにスピードを速めた。

ユニコーンはそれでも捕《つか》まえることはできないが、僕は正面からユニコーンを捕まえることをすでに諦《あきら》めていた。

無論、諦めたのは『正面』から捕まえることだけだけど。

正面から捕まえることができないのであれば、『搦《から》め手』を使え。それが魔術師《まじゅつし》ヴァンダルの教えだった。

ユニコーンをとある一角に追い込むと、そこに一筋の矢が向かう。

打ち合わせをしたわけでもないのに、シズクさんはユニコーンの後方に回り込み、退路を塞《ふさ》いでいたのだ。

彼女ならば必ずそうしてくれる。そう思いながら行動を積み重ねていたのだ。

シズクさんは矢をユニコーンの足に命中させると、そのまま距離を詰める。

その姿を見てルナマリアは称賛する。

「シズクさんの機転も凄《すご》いですが、なにも言わずに連携《れんけい》を図ったウィル様もすごいです」

「事前にジンガさんと一緒に何度も戦ったからね。やっぱり親子は呼吸が似ている」

「性格も少し似ています。豪放《ごうほう》なところとか」

「だね」

そのように余裕《よゆう》の笑みを浮かべる僕たちだが、それは即座《そくざ》に崩《くず》れ去る。

——シズクさんがユニコーン捕獲《ほかく》に失敗したからではない。彼女は足を射貫《いぬ》かれたユニコーンの目前まで迫《せま》り、なかばユニコーン捕獲を成功させていた。しかし、最後の最後で邪魔《じゃま》をする存在が現れたのだ。

森の中から突然《とつぜん》現れた化け物によってユニコーンの首はむんずと摑《つか》まれ、そのまま頭ごと齧《かじ》られる。ユニコーンは当然、絶命するが、化け物は馬肉だけでは満足しなかったようだ。真っ赤に血走った目で僕たちを睨《にら》み付けてきた。

ルナマリアはその化け物の名を叫《さけ》ぶ。

「ベルセル・ブル！」

ここ数日、その化け物の名前を何度聞いたことだろうか。いい加減、耳にたこができるが、やつとはここで決着をつけねばならなそうだった。

†

性懲《しょうこ》りもなく現れたベルセル・ブル。やつは興奮の絶頂にいた。

当然か。僕の罠《わな》によって崖《がけ》から突《つ》き落とされたかと思えば、いつの間にか異界の森に閉じ込められていたのだから。

僕のはらわたを引きずり出したくて仕方ないのだろう。

殺気に満ちた赤い目を見るとそう思うが、恐怖《きょうふ》はなかった。

むしろ冷静に事後のことを考える。

（……ユニコーンは角ごと食べられてしまった。でもユニコーンの角はなかなか消化できないはず）

魔術《まじゅつ》の神の書斎に置かれていた生物図鑑《ずかん》の解説を思い出す。

――となれば今、ベルセル・ブルの腹を切り裂《さ》けば角を回収できる可能性が残っているということだ。

改めてベルセル・ブルの凶暴《きょうぼう》な顔を見ると僕は腰《こし》の短剣《たんけん》に意識を集中させる。

（ローニン父さんに教わった剣閃《けんせん》があればやつの腹を切り裂くなんて簡単だ）

でも今の僕には剣閃は使えない。短剣がそろそろ完全に破壊《はかい》されそうだったからだ。

ならば魔法《まほう》？

いや、それも駄目だ。無論、魔法でダメージを与《あた》えるのはいいが、やつが消し炭になるような一撃《いちげき》を与えることはできない。僕たちの第一優先はユニコーンの角なのだから。

「……面倒《めんどう》くさいな」

普通《ふつう》に戦えば負けはしない相手であるが、勝利条件が絞《しぼ》られると途端《とたん》に厄介《やっかい》になる。

ヴァンダル父さんとよくやった変則チェスを思い出す。

変則チェスとは勝利条件が変わるチェスだ。時間制限がシビアであったり、キングとクイーンも取らないと勝てなかったり、駒《こま》が少なかったり色々とバリエーションがある。様々な状況《じょうきょう》に対応できるように、樫《かし》の木のように固い頭ではなく、葦《あし》のように柔軟《じゅうなん》な発想を持てるようになる訓練の一環《いっかん》としてやっていた。

「時間制限がシビアってのが共通しているかな」

今現在の状況は一手三秒以内に指す早指しと一緒だ。早くベルセル・ブルを倒《たお》さないとマイル少年を救うことができない。

そう思った僕は腰の短剣を抜く。

それを見てルナマリアは血相を変える。勘《かん》の良い彼女は僕がなにをしようとしているか分かったのだ。

「ウィル様、駄目です。その短剣で剣閃を放ったら刀身が持ちません」

「だね。修復不可能なくらい壊《こわ》れてしまうかも」

「その短剣はローニン様にもらった思い出の品。多くのものを助けてきた聖なる短剣です」

「ならばこそだよ。仮にこの短剣が一〇〇人の人間と動物を救ってきたならば、この短剣は一〇一人目を救って果てるべきだ。たしかにこの短剣には思い出がいっぱい詰まっているけど、人の命と比べることはできない」

「……ウィル様」

ルナマリアがそう漏《も》らすと、いつの間にか側《そば》にやってきていたシズクさんがぽんと彼女の肩《かた》に手を置く。

「ルナマリア。なにを言っても無駄《むだ》だよ。あたいの旦那《だんな》もそうだった。男がこの『目』をしたら、女には止められないのさ」

「……シズクさん」

「あたいたち女にできることは男が大願を達成できるようにサポートすること。そして本懐《ほんかい》を遂《と》げた男を優しく包み込んでやることだけさ」

シズクさんは不敵に笑うと背中の矢筒《やづつ》から矢を取り出し、二本同時に発射した。ベルセル・ブルに深々と矢が刺《さ》さり、やつは悶《もだ》え苦しむ。

ルナマリアは無言でうなずくと、神聖魔法を唱え、聖なる一撃で牽制《けんせい》を始めた。

バルカ村随一《ずいいち》の弓使いと、この国有数の聖女様のサポートはなによりも有り難《がた》かった。

失敗できない僕に余裕を与えてくれる。

ただ、大きな隙《すき》を作ろうと突出《とっしゅつ》したシズクさんがベルセル・ブルにいい一撃をもらいそうになる。

やつの巨腕《きょわん》が彼女のすぐ横を駆《か》け抜ける。

服の一部がはだける——いや、吹《ふ》き飛ぶ一撃だったが、攻撃は喰らわなかったようだ。

「……っち」

という顔をしたあと、「サービスタイムはないよ！」とやつの腕に矢を直接刺した。

ルナマリアもそれに続くように神聖魔法を放つ。

苦痛に顔を歪《ゆが》めるベルセル・ブル。

彼女たちは二撃目を放つことができない僕を的確にサポートしてくれる。

このふたりの「協力」があるのならば当たる。

そう思った僕は彼女らを信じて剣に力を込める。

剣閃と呼ばれる剣の達人しか放つことのできない剣術《けんじゅつ》。剣から放つ斬撃属性の剣撃。

それを放つにはとんでもない鍛錬《たんれん》と才能が必要であるが、剣の神様の息子である僕は容易に放つことができた。

——放つことはできたが、それと同時に「ピシリ」と嫌《いや》な音が響《ひび》き渡る。短剣の限界を超《こ》えた音だ。

この短剣は僕が幼き頃《ころ》、剣神ローニンにもらったものだ。幾多《いくた》の戦闘《せんとう》をともにしてきたが、ついに寿命《じゅみょう》を迎《むか》えるときがきたようだ。

先日の悪魔《あくま》との決闘《けっとう》が決定打ではあったが、長年蓄積《ちくせき》した疲労《ひろう》が一気に噴出《ふんしゅつ》したともいえる。

つまり僕のミスリル・ダガーは天寿《てんじゅ》を迎えようとしていた。

ルナマリアはそれを悲しがっていたが、僕にはそのような気持ちは微塵《みじん》もない。

確かにこの短剣は大切なものであったが、それと引き換《か》えに誰《だれ》かを救えるのならば喜んで捨てることができた。

今までその機会がなかったのは山で引きこもっていたからに過ぎない。

心の中でそうまとめると、短剣により力を込める。

「いっけええええええええぇぇぇ!!」

と剣閃を解き放つ。

青みがかった刀身から放たれる剣閃。それはいつもの剣閃とは違《ちが》った。心なしかいつもより太く、たくましく見える。もしかしたら長年連れ添《そ》ってくれた短剣が感謝を示し、実力以上の力を発揮してくれているのかもしれない。そう思った。僕たちの思い出を威力《いりょく》に変換《へんかん》してくれているのだと思った。

それは都合のいい考えではない。事実、剣閃はいつもよりも強力で鋭《するど》かった。隼《はやぶさ》のような速度でベルセル・ブルに向かっていく。ベルセル・ブルはそれを避《さ》けることはできない。あまりの速度に回避《かいひ》をすることができないのだ。

回避を諦めたベルセル・ブルであったが、「生きる」ことを諦めたわけではなかった。

ベルセル・ブルは回避を諦めると「防御《ぼうぎょ》」に徹《てっ》した。

剛毛《ごうもう》に覆《おお》われた両腕《りょううで》を十字にし、剣閃を迎え撃《う》つ。やつの両腕は丸太のように太く、筋肉が膨《ふく》らんでいた。ただの剣では切り裂くことなど不可能であったが、僕の剣術は神様譲《ゆず》り、それに短剣はミスリルと呼ばれる真銀で作られていた。

真の銀は腐食《ふしょく》しない。

真の銀は折れることがない。

真の銀はなにものよりも強い。

僕は長年連れ添った相棒のポテンシャルを最大限に引き出した。

最高の相棒が放った剣閃は最高の結果を出した。

丸太のように太いベルセル・ブルの両腕が切り裂かれる。

チーズでも裂くかのように簡単に切り裂かれるとそこから赤い血肉を覗《のぞ》かせる。

ベルセル・ブルも己の腕が切り離《はな》されるのを感じたのだろう。なんとかいなそうと身体《からだ》

をひねるが、それも儚《はかな》い抵抗《ていこう》であった。

神速に近い速度に達していた剣閃は、ベルセル・ブルの腕を切り落とすとそのままやつの首に向かった。

剣閃の威力はまったく衰《おとろ》えることなく、ベルセル・ブルの首に襲《おそ》いかかる。つまりやつの身体と首は別れを告げたということだ。しかも別れを告げる暇《ひま》もなく。

すぱッという擬音《ぎおん》が聞こえそうなほどの勢いで吹き飛ぶ雄牛《おうし》の首。やつ自身、あまりのことに理解が及《およ》んでいない。「まさか?」という表情をしながら空中で恨《うら》めしそうにこちらを睨んでいた。

狙《ねら》う獲物《えもの》が悪かったな、そう諭《さと》してやりたかったが、そんな暇はなかった。

長年連れ添った相棒の死を看取《みと》るほうが重要だったからだ。最高の剣閃を放たせてくれた友人、凶悪《きょうあく》なベルセル・ブルの猛攻《もうこう》から救ってくれた友人を見る。

不朽《ふきゅう》の金属は折れることはない。しかしどのようなものにも最後はある。ミスリルの短剣は今、まさに砕《くだ》けようとしていた。

小さかったひびが刀身全体に広がる。蜘蛛《くも》の巣《す》のように広がったひびは刀身を砕くに十分だった。最後、僅《わず》かな風がそよぐとそれに呼応するかのように短剣は砕けた。

僕は悲しげな表情でそれを見る。友の葬式《そうしき》に立っているかのような気持ちになる。

ルナマリアはそれを察してくれたのだろう。僕の横に立つと祈《いの》りを捧《ささ》げながら言った。

「最高の短剣でした。ウィル様とともに戦えてさぞ嬉《うれ》しかったはずです」

「それは僕の台詞《せりふ》だ。一緒《いっしょ》に戦えて幸せだった」

「…………」

しばしふたりで感傷に浸《ひた》っているとシズクさんがベルセル・ブルの死体の腹を切り裂いていることに気がつく。

おそらく、ユニコーンの角を回収しているのだろう。それを見たルナマリアははっとなる。

「そうでした。ここは私たちの世界とは時間の流れが違うのでした」

「だね、まごまごしているとジンガさんがおじいさんになってしまう」

「マイル少年も薬が不要になってしまうかもしれません」

「そのとおりだ」

そう言い切るとシズクさんのところへ向かい、回収を手伝う。幸いなことにシズクさんは解体が上手く、すでに角を回収していた。さすがは森の民一の狩人《かりゅうど》である。

そのように称賛《しょうさん》するとシズクさんはユニコーンの角についた血を拭《ぬぐ》いながら言った。

「さて、これを持ってもとの世界に戻《もど》りな」

その言葉に驚《おどろ》く僕たち。

「その物言い、もしかしてシズクさん、ここに残るつもりじゃ……」

「もしかしなくてもそうするつもりだけど？」

さも当然のように言うシズクさん。あまりのことに僕は声を荒《あら》らげてしまう。

「駄目《だめ》だ、シズクさん、あなたの帰りを待っている人がいる」

僕の声に呼応するかのようにルナマリアが言葉を添える。

「そうです。ジンガさんがシズクさんの帰りを待っています。なぜ、今さら帰りたくないなどと言うのです」

「たしかにここでの気楽な暮らしに慣れた、というのもあるけど、帰りたくないわけじゃないよ」

シズクさんははっきりとそう言うと、己の右肩《みぎかた》を探る。先ほどの戦闘で衣服がはだけ、乳房《ちぶさ》が見え掛《か》かっていた。ただ注目すべきなのはそこではない。彼女は懐《ふところ》から破れた護符《ごふ》を取り出す。

「それは⁉」

僕とルナマリアは同時に声を上げる。

「正解。これはさっきウィルが持たせてくれた結界打破の護符さ」

「……それが壊れたら元の世界に戻ることはできない」

「そういうこと。さっき、ベルセル・ブルとの戦闘で少し攻撃《こうげき》を受けたのを見てたろ？　あのとき護符をやられちまったのさ」

まいったね、と困ったようなポーズをする。

僕は懐に手を伸《の》ばそうとするが、それはシズクさんに止められる。

「おっと、優しいウィル坊《ぼう》や、それはいけないよ」

彼女は僕が自分の分の護符を差し出そうとしたことに気が付いたようだ。

「ですが――」

彼女は僕の反論を許さない。

「あっちの世界ではもう数十年の時間が過ぎた。夫とは死別しているし、あたいと会いたいのはジンガくらいなもんだろ」

しかし、あんたは違う、とシズクさんは力強く続ける。

「あんたの帰りを待っている人たちはたくさんいるはずだ」

「…………」

沈黙《ちんもく》してしまったのはそのたくさんの顔が脳裏に浮《う》かんでしまったからだ。

テーブル・マウンテンの神々、それに山の動物たち、ヴィクトール商会のご令嬢《れいじょう》に剣《けん》の勇者の顔も浮かんだ。

「それにあたいの息子ジンガもあんたに会いたがっているはず。ならば考えるまでもなくあんたが元の世界に戻るべきだよ」

「しかし僕たちはあなたを救いにきたのです。なんの成果もなく帰ったらジンガさんに合わせる顔が」

「あるさ。――ある」

「…………」

「それはあっちの世界の人々の笑顔だよ。あんたが戻ればより多くの人々が笑顔になる。あんたの家族や友達だけでなく、これからもより多くの人々が救われるだろう。ジンガもそれを喜んでくれるはず」

シズクさんは嚙《か》みしめるように言うと、握《にぎ》り締《し》めていたユニコーンの角を僕に渡《わた》す。

「その象徴《しょうちょう》がこれさ。これを持ってジンガに言ってくれ。おまえの母さんは達者でやっているって。こっちの世界からおまえを見守っているって」

「シズクさん……」

「さあ、辛気《しんき》くさいのはここまでだ。早くあっちの世界に戻るんだ。マイル坊やが死んじまったら元も子もないだろう」

「…………」

その通りであったので返す言葉もなかった。ルナマリアが僕の横に寄りそうと、彼女は神妙《しんみょう》な面持《おもも》ちで言った。

「本来ならば役立たずの私がここに残るべきなのでしょうが、それはできません。なぜならばウィル様が世界を救う手助けをしなければいけないからです……」

彼女もここにシズクさんを残すのが口惜《くちお》しいのだろう。唇《くちびる》を噛みしめていた。

「しかし、時間がないのも事実。ここは彼女の言うとおりにしましょう」

「……分かった」

ここでだだをこねればシズクさんの決意を無駄《むだ》にすることになる。そう思った僕はジンガに恨まれることを覚悟《かくご》し、護符を握りつぶす。

すると僕の身体は光り始める。

身体がこの異界を拒絶《きょぜつ》し始めたのだ。

ルナマリアもそれに続く。

それを見ていたシズクさんはにこりと微笑《ほほえ》む。

「さすがジンガの友達だ。ことの軽重を分かっている」

「……これが永遠の別れじゃないですよね？」

「さあて、それはどうだか、この世界と異界が繫《つな》がるのは周期的なんだ。だから次に会えるのはまた二〇年後くらいかね」

「……すぐですよ」

「だね。そのときはさすがのジンガも結婚《けっこん》しているだろうから孫が見られるかもしれない。──この若さでおばあちゃんってのもなんだが」

シズクさんはそう笑うと右手を振《ふ》った。その右手が何重にも見える。

どうやら僕たちの世界と異界の境界線が曖昧《あいまい》になっているようだ。やがてそこに明確に線が引かれ、僕たちは二度と互《たが》いを認識できなくなる。

消える直前、僕は彼女の真剣《しんけん》な顔に問う。

「なぜ、あなたはそこまで強くなれるのです。女だてらに狩人になって、息子を救うために危険な森に飛び込み、自ら進んで孤独《こどく》に耐《た》えようとする」

僕の最後の問いに彼女は、「なんだ、そんなことかい」と返答する。「そんなのは簡単さ」とうそぶく。

「家族を愛しているからさ。おまえも同じだろう」

最後にそう言い残すと、互いに別離《べつり》の準備を整え終える。

それまでの十数秒間、僕は心に刻みつけるようにシズクさんを見た。

彼女の顔には一点の曇《くも》りもなかった。そのような表情をされてしまえば僕も悲しむことはできなかった。二〇年後の再会を誓《ちか》う。

二〇年後、僕は彼女が救った命、ユニコーンの角によって救われたマイル少年、それに彼女の息子のジンガとともにまた彼女を救いに来るつもりだった。

その夢を実現するため僕は元の世界に戻った。


……

…………

……………


元の森に戻ると、そこにいたのはジンガだった。彼は僕が母親を連れていないことですべて察したのだろう。なにも言わなかった。

ただ、僕が謝ろうとする寸前、声を荒らげた。

「二〇年後!! 二〇年後だ。まだチャンスがなくなったわけじゃない。二〇年後にまた会えるチャンスがある。──そのとき協力してくれれば嬉しい」

ジンガはそう言うとそれ以上、シズクさんに触《ふ》れることはなかった。

実の母親を救えなかった僕をなじることもなく、怒《いか》りを見せることもなかった。

──やはりこの人はシズクさんの息子だ。気高いところがそっくりだ。

そんな感想を心の中で漏《も》らすと、そのままバルカ村に戻った。

僕たちにはまだやることがある。ふたりの親子の時を犠牲《ぎせい》にして得たユニコーンの角を正しい形で使わなければいけないのだ。

異界でだいぶ時間を使ってしまった。緑熱病《りよくねつびよう》で苦しむマイル少年を一刻も早く救い出してあげたかった。

†

マイル少年の家に向かう。

彼の家はこの村のごくごく平均的な家だった。木造の粗末《そまつ》な家であったが、家の中は温かさで満たされている。

母親が冷たい水をくみ、それでマイル少年の頭を冷やしている。緑熱症は高熱にさいなまれる病《やまい》なのだ。少年の母親の行動は正しいが、その代わり母親の負担は半端《はんぱ》ではなかった。

水が入れられた桶《おけ》を見る。

レモン大の大きさの氷が入れられている。今は冬ではない。その大きさの氷を手に入れるのは相当、大変だったはずだ。スカートの端《はし》がボロボロになっている。

母親が遠くまで歩いて氷を手に入れた証拠《しょうこ》だった。

ミリア母さんの姿が浮かんだ僕はねぎらいの言葉を掛けたくなったが、今はそのときではない。

一刻も早くマイル少年の熱の原因を除去することに努めるべきであった。

僕は挨拶《あいさつ》もそこそこに少年の家の台所を借りる。

台所には火があり、薬を煎《せん》じる道具もあるからだ。

僕はミリア母さんに教わった薬の作り方の格言を思い出す。

「私の可愛《かわい》いウィル、薬の作り方の基本は愛情を込めることよ。相手のことを思って作れば効果もアップするんだから」

非科学的な言葉であり、ローニン父さんなどは否定したものだが、これには根拠《こんきょ》があるらしい。

魔術《まじゅつ》の神ヴァンダルはうなずきながら肯定《こうてい》する。

「ミリアのそれは天然だが、理にかなっている」

いわく、愛情を持って接すれば細やかなところに目が行くのだそうな。例えばだが、愛情を持って薬を煎じれば、用量を間違《まちが》えることがないのだという。

「その薬を飲む人の顔が思い浮かび、その人物に愛情があれば、間違ってもマンドラゴラの根っこをまるごと使おうだなんて思わない。マンドラゴラの根っこは劇薬だからな」

ただし、と魔術の神は付け加える。

「その代わり用量を適切に守れば効果抜群《ばつぐん》の薬となる。毒と薬は表裏一体だからな。つまりなにが言いたいのかといえば愛情は最高の薬ということだ」

ミリア母さんはそのことを肌《はだ》感覚で知っているから、調合は愛情と断言するのだろう。

僕もその意見には賛成だった。

というわけでルナマリアに蜂蜜《はちみつ》を所望する。

「ウィル様、解熱剤《げねつざい》に蜂蜜を使うのですか？」

「いや、使わないよ」

それではなぜ？　という表情をするルナマリアに説明をする。

「マイル少年は子供だからね。僕も子供の頃《ころ》、よく薬に蜂蜜を混ぜてもらったから」

「薬を飲みやすくする配慮《はいりょ》ですね」

「そういうこと」

さすがウィル様、と続くが、すべてはミリア母さんの教えであった。僕は忠実にそれを守っているだけなのだ。

ミリア母さんの教えは確実に少年に伝わる。

マイル少年はユニコーンの角を煎じた苦い薬を飲み干す。

朦朧《もうろう》とした意識の中、僕が煎じて作った緑色の液体を飲み干すと、まぶたを軽く開ける。

「……お母さん、ここは？」

「ああ、坊《ぼう》や……」

心の底から笑顔を浮《う》かべる少年の母。

無理もない。数日ぶりに息子と会話をしたのだから。

「このまま目覚めないかと思っていたわ」

涙《なみだ》を浮かべ、僕に頭を下げる母親。

今はマイルを安心させることが先決です、と礼を受け取らない。そのままそうっと立ち去る。

ルナマリアも静かに付き添《そ》ってくれた。

そのまま村の入り口まで向かうと置いてきたはずのジンガが声を掛《か》けてくる。

「おいおい、このまま黙《だま》って村を出ていく気じゃないだろうな」

「………………」

そのつもりだったので反論できずにいるとジンガはすべて察してくれた。

「まあ、この前も宴《うたげ》を開いたばかりだしな。二回連続で宴を開かれても困るだろう」

と言ってくれた。

「一刻も早く神々の山に戻《もど》りたいだろうしな」

僕の腰《こし》に視線をやる。

そこには先程の戦闘《せんとう》で砕《くだ》けたミスリル・ダガーがあった。

たしかに僕は一刻も早く父さんたちと再会し、短剣《たんけん》を見てもらいたかった。修理できるとは思わないが、万が一ということもあるし、それに長年僕を助けてくれた短剣が壊《こわ》れたことを伝えたかった。

ルナマリアも僕の心情を察してくれたのだろう。ジンガに一礼すると一緒《いっしょ》に森を出た。

——森を抜《ぬ》ける僕たち。その姿を見守るものと、監視《かんし》するものがいる。見守るものは先程別れたジンガだ。その視線は温かさに包まれていたが、監視するものの視線は敵意に包まれていた。

漆黒《しっこく》のローブをまとった少女は口元を歪《ゆが》めながら呪詛《じゅそ》を吐《は》き出す。

「神々の子ウィル……。剣神《けんしん》ローニンの息子……」

――殺す、と言葉が続くのだが、彼女の存在にウィルたちはまだ気がついていない。しかし、彼女との対峙《たいじ》は避《さ》けることのできない運命であった。

それを証明するかにようにテーブル・マウンテンに暗雲が立ち込める。

第三章　女剣士《けんし》ヒフネ

†

テーブル・マウンテンの頂上を目指しているとルナマリアがつぶやく。

「雨が降《ふ》りそうですね」

すると僕の頭に雨がひとしずく。

「どうして降るって分かったの？」

「雨の匂《にお》いがしましたから」

さも当たり前のように言うが、嗅覚《きゅうかく》だけで雨を察知してしまうのはさすがルナマリアだった。

ただそのルナマリアでも雨雲を消し去ることはできない。雨は容赦《ようしゃ》なく僕たちに降り掛かる。

雨宿りができる場所を探す。幸いなことに数十メートル先にちょうどいい塩梅《あんばい》の洞窟《どうくつ》を見つける。

僕たちはそこに駆《か》け込む。

洞窟に入るとほっと溜《た》め息を漏らすが、衣服が濡《ぬ》れていることに気がつく。ルナマリアは、「この程度は我慢《がまん》できます」と言うが、彼女の白い衣服が濡れると年頃《としごろ》の男子としては目のやり場に困る。

透《す》けて下着が見えてしまうのだ。レウス父さんに男は常に紳士《しんし》であれ、と教え込まれている僕としてはまずは衣服を乾《かわ》かしたかった。

なので洞窟の中にある可燃物を探す。このテーブル・マウンテンの洞窟には可燃性の苔《こけ》が生えていることが多いのだ。探せば暖くらいとれそうであった。そう思ったのだが、その考えは正解だった。ちょっと奥に入ると件《くだん》の苔がびっしり生えていた。

僕はそれを山のように抱《かか》えて持ち帰ると《着火》の魔法《まほう》で火をつける。

またたく間に燃え上がり熱と光を発する苔。ルナマリアは失礼しますと濡れた衣服を脱《ぬ》ぐ。ここで席を外したりすると逆に彼女が暖を避けるのは明白だったので、心の中で『素数』を数える。

（二、三、五、七、一一……）

煩悩《ぼんのう》と戦うこと数分、僕たちの衣服が乾くと手早く火を片付け、そのまま洞窟を出る。

雨は嘘《うそ》のように止《や》んでいた。

「地母神の思し召しですね」

にこりと笑うルナマリア。なかなかに可憐《かれん》だったが、先ほどの光景が鮮明《せんめい》に残っているので視線を合わせずに山を登る。このまま一気に神域まで――つまり父さんと母さんたちがいる場所まで向かおうとしたが、それはできなかった。

道中、僕たちの行く手を遮《さえぎ》る人物がいたからだ。

彼女は神域へ続く道の中央に立っていた。フードの付いた黒いローブを着ている。服はずぶ濡れであった。先ほどの雨に打たれてしまったのだろう。しかし雨宿りもせずにずっとここに立っていたのだろうか。奇妙《きみよう》な話である、と、いぶかしむと、ルナマリアも同様の意見を述べる。僕に注意をうながしてくる。

「……ウィル様、怪《あや》しい気配がします。それ以上お近づきにならないでください」

こくりとうなずく。

「……目の前の人物からは尋常《じんじよう》じゃない殺気を感じる。僕を殺したくて仕方ないようだ」

僕たちが殺気を感じたことに気が付いた黒衣の人物は、にやりと口元を歪め、不穏《ふおん》な言葉を紡《つむ》ぐ。

「……よかった。私の殺意に気が付いてくれて」

そう言い放った瞬間《しゆんかん》、黒衣が地面に落ちる。ずぶり、と重力を受け、地面に広がる。脱《だつ》皮《ぴ》をしたかのように見えるがそうではない。黒衣の中身が目にも留まらぬ速さで黒衣を脱ぎ捨てただけだった。

黒衣の中身は風と一体化するような速度で僕の懐《ふところ》に飛び込んでくる。視認できた瞬間、すでに相手は目の前にいた。刀を抜き放《はな》ち、刹那《せつな》の速度で僕を両断しようとしていた。

僕は無意識のうちに左腕《ひだりうで》の盾《たて》を動かし、敵の斬撃を防いでいた。


カキン！


と金属同士がぶつかり合う音がした。

その音にいち早く反応したルナマリアは言う。

「ウィル様！　ご無事ですか!?」

今のところはね、と返すと左腕のイージスは茶化す。

『攻撃《こうげき》を受けるたびにこんな有様じゃ、もしも怪我《けが》をしたら全世界の半分の女性が嘆《なげ》きそうだね』

「ミリア母さんひとりで全世界の半分くらいの涙を流すかもね」

皮肉を冗談《じょうだん》で返すと僕は足払《あしばら》いをする。

ぶおん、と空を切る僕の右足。

その姿を見て聖なる盾は『へえ』と感心する。

『君って案外やるね』

「体術はローニン父さんも得意なんだ」

『違《ちが》うよ。そういう意味じゃなくて、君ってフェミニストだと思ってたからさ』

「フェミニスト？」

『いや、だって今、蹴《け》ろうとした子、女の子じゃん』

「………」

まさか、と確認するが、後方に跳躍《ちょうやく》し、僕の蹴りをかわした人物はたしかに女の子だった。

「気が付かなかった」

『ふふん、ウィルは観察眼が甘いね』

「正面から見ると髪《かみ》が短く見えたんだよ」

言い訳じみているかもしれないが、彼女は長い髪を後ろで束ねており、僕の角度からは男の子に見えた。

『あんな可愛《かわい》い顔した男の子なんていないでしょ。……まあ、ウィルがそうだけどさ』

「どうも。……しかし、それにしてもやりにくいな」

そんなやりとりをしていると件の少女が表情を緩《ゆる》ませる。

「神々に育てられしもの、あまり私を甘く見ないほうがいい。こう見えても私は剣の達人。油断した瞬間、刹那の速度でおまえの首を切り落とす」

たしかに彼女から感じられる殺気はただ事じゃない。油断をすれば本当に首がすっ飛ぶだろう。しかしだからといって女の子を殴《なぐ》りつけるのは趣味《しゅみ》じゃなかった。

「……君の実力は分かった。凄《すご》い剣士だと思う」

「ありがとう」

「しかし、君と戦う理由が分からない。なぜ、剣を向ける？」

「それは簡単。あなたは私の仇《かたき》の息子だから」

「仇の息子……？」

「そう」

「つまり僕の父さんと母さんの誰《だれ》かが君の大切な人を殺したというのか？」

「そうよ。だから殺すの」

「まさか。それは誤解だよ。父さんたちがそんなことをするわけない」

父さんたちを擁護《ようご》すると、彼女の表情が変わる。

それと同時に隼《はやぶさ》のような速度で突《つ》っ込んでくる。

「許さない。――絶対に許さない。おまえの父、剣神ローニンは私の師父を殺した。だからおまえを殺してやつの表情を苦悶《くもん》に歪ませるの!!」

彼女はそう言い放つと渾身《こんしん》の一撃《いちげき》を放ってくる。上体を反らし、すんでのところで攻撃をかわすが、頰《ほお》に熱いものを感じる。どうやら皮膚《ひふ》を切られてしまったようだ。

(……かわしたと思ったのに。なんて鋭《するど》く力強い攻撃なんだ)

背中に冷たいものが流れる。

このままだと負ける、そう思った。

今の僕には武器となるようなものがない。先日、短剣《たんけん》を失ってしまったからだ。

あらゆる攻撃をはじく盾に、強力な魔法なども残されているが、目の前の少女との戦いではいささか頼《たよ》りない。彼女は刀の使い手なのだ。剣術《けんじゅつ》の腕前《うでまえ》を見る限り、防御一辺倒《ぼうぎょいっぺんとう》の戦いや、魔法による攻撃はあまり通じなそうだった。防御に徹《てっ》していてもいつかそれを崩《くず》されてしまうだろうし、魔法を詠唱《えいしょう》する隙《すき》も与《あた》えてくれなそうなのだ。

(――つまりこのまま戦えば負ける、ってことか)

冷静に実力差を把握《はあく》すると、僕は最強の戦術を実行する。

魔術《まじゅつ》の神ヴァンダルに習った「最強」の戦い方を披露《ひろう》する。

軽くルナマリアに目配せすると、呼吸を合わせる。一ヶ月以上の間、共に旅をしてきた彼女とは阿吽《あうん》の呼吸が成立するのだ。

黒衣の少女と距離《きより》を取ると、僕は盾を投げる。

『ばびゅーん！』

と自分で声を出しながら飛んでいく盾、その軌道《きどう》は直線的だったので簡単に避《よ》けられてしまうが、それでいい。行きの攻撃は避けられても、帰りの攻撃では虚《きよ》を突けると思ったのだ。案の定、ブーメランのように戻《もど》ってくる聖なる盾に虚を突かれる少女。

「──なっ⁉　戻ってきた」

聖なる盾が初見の少女はその特性を知らなかったようだ。当たりこそしなかったがわずかばかりの隙を作ることに成功する。

その隙を見逃《みのが》さない。右手に魔力《まりよく》を溜めていた僕はそれを土の魔力に変換《へんかん》する。

破壊《はかい》力になって具現化した魔力、それを少女に当てるような真似はせず大地にぶち込む。すると大地に大穴が空き、土煙《つちけむり》が舞《ま》う。尋常じゃない音が響《ひび》き渡《わた》り、砂や石が飛び散る。それによって少女は一瞬《いっしゅん》、僕を見失ってくれる。

ほんのわずかな時間だったが、僕とルナマリアが走り出すには十分な時間だった。

僕たちは最強の戦術「三十六計逃《に》げるにしかず」を実行したのだ。

彼女には僕と戦う理由があるようだが、僕にはない。避けられる戦闘《せんとう》は避けるべきだった。この先は神域となっており、関係のないものは立ち入ることができない。神域で戦闘を行えば神々が介入《かいにゅう》してくるからだ。

おそらくであるが、少女はそのことを知っているからこそ、この場所で待ち伏《ぶ》せしていたのだろう。つまり、神域まで逃げ切れば当面の危機は回避《かいひ》できるはずであった。

——その考えは正解であった。

最初こそ僕たちの背を追ってきた少女であったが、僕たちが神域に入るとぴたりと動きが止まる。しばし、その場に留《とど》まると、僕の背中を鋭利《えいり》な視線で見つめる。

「……まあいいわ。ここで仕留められるとは思っていなかった。それにあなたとは必ず再会する。そのときは必ず討ち取る。あなたの首を師父の墓前に掲《かか》げて、師父の魂《たましい》を慰撫《いぶ》する。それが私の望み」

彼女はそこで一呼吸置くと、大声を張り上げる。

「私の名はヒフネ！　神々の子ウィルよ、この名を忘れるな。おまえの心臓に刃《やいば》を突き立てるのも、三途《さんず》の川の渡し賃を支払《しはら》うのも、この私なのだから!!」

最後にそう言い放つと、その場を去って行った。

僕は彼女の言葉と決意を噛《か》みしめる。彼女の言葉が真実なのか、考えを巡《めぐ》らせる。

「……あのローニン父さんがあそこまで人に恨《うら》まれることをするんだろうか」

そのような疑問が湧《わ》き出る。

僕の知っている剣術の神様は、酒と女性に弱いが、人情に溢《あふ》れる人だった。大雑把《おおざつぱ》で粗《そ》野《や》な人だったが、意味もなく人を殺すような人ではなかった。

やはり彼女は勘違《かんちが》いをしているのだ。──きっとそうだ、と自分を納得させると、僕たちはそのまま神域を進んだ。

†

テーブル・マウンテンの頂《いただき》、僕の住んでいた神々の館がある場所まで黙々《もくもく》と進む。道中、僕が無口だったのは先ほどの少女の言葉が気掛《きが》かりだったからだ。

ローニン父さんを恨み、復讐《ふくしゅう》をもくろむ少女。彼女の刀は殺気で満ちあふれていた。本当に父さんは彼女に恨まれるようなことをしたのだろうか。

考察しているとルナマリアが声を掛《か》けてくる。

「ウィル様、あまり気にされるものではありません。非道なことをしなくても人は恨まれるもの。ローニン様のことはウィル様より知りませんが、ウィル様のような方を育てたということは人格的にも優れている方のはずです。なにか事情があったか、もしくは勘違いなのでしょう」

僕と同じような結論に至るルナマリア。僕のことを気遣《きづか》った上での発言なのでとても嬉《うれ》しい。

「それにここはもう神域なのです。もうじき神々の館につきます。つまりご本人に尋《たず》ねることができるのです。思い煩《わずら》うよりも直接聞いてしまったほうがいいでしょう」

「そうか……そうだよね。それが一番手っ取り早いか」

そう思った僕は歩調を速め、実家である神々の館に向かった。

僕は開口一番に復讐の剣士《けんし》である「ヒフネ」の名前を出そうとしたが、それはできなかった。なぜならばそれよりも先に治癒《ちゆ》の女神がクラッカーを鳴らしたからである。

「ウィルちゃん！　お帰りなさい!!」

彼女は勢いよくクラッカーを鳴らすと、次いでくす玉を開いた。そこから金銀の糸と紙《かみ》吹雪《ふぶき》が舞う。この世の幸せを煮詰《につ》めたかのような会心の笑みで僕を迎《むか》え入れてくれた。

さらにあの寡黙《かもく》なヴァンダル父さんもパーティー仕様になっている。愛用の鍔広帽子《つばひろぼうし》が冬至祭《とうじさい》の紅白仕様になっていた。テンションこそ普通《ふつう》であるが、終始眉尻《まゆじり》が下がっていた。

こうなってくると開口一番にシリアスな話などできようはずもない。

本当はまずローニン父さんに先ほどの話をしたかったのだが――、父さんを軽く見るが、

父さんは一瞬だけ真剣《しんけん》な表情をするとすぐに大吟醸《だいぎんじょう》をあおる。まずは家族との再会を喜べと言っているように見えた。その勧《すす》めに従う。

「せ、盛大な出迎《でむか》えだね。……もっと普通でいいのに」

素直な感想を口にすると、ミリア母さんは「ありえないでしょ！」と指を突き立ててくる。

「私たちの大切な息子が久しぶりに帰ってきたというのに、普通の出迎えをするなんてぶっちゃけありえなすぎる」

「久しぶりってまだ一ヶ月とちょっとくらいしか経《た》ってないよ」

「あなたがいない日々は一日千秋《いちじつせんしゅう》の日々だから、一〇〇〇×四〇日で四〇〇〇〇日が経過した計算になるわ。四〇〇〇×二四は……ええと、いっぱい？」

女神様は計算が苦手なようだ。代わりにヴァンダル父さんが暗算する。

「九六〇〇〇時間じゃな。……まったく、本当に薬学を極めた女神なのか」

「薬を調合するときは時計を使うからいいんですー。なによ、ヴァンダルも今朝からウィルはいまどこじゃ？　遅《おそ》いのではないか？　なにかあったのかの？　ってそわそわしてた癖《くせ》に」

「うるさい」

「しかもそんな冬至祭長みたいな帽子まで用意しちゃってさ」

「これはおまえがかぶれと渡したのだろう」

「乗り乗りにかぶってるくせに」

　ふん、とヴァンダル父さんは顔を背けるが、それでも僕がなにごともなく帰還《きかん》したことが嬉しいようだ。改めて僕のほうを振《ふ》り向くと言った。

「男子三日合わざれば刮目《かつもく》して見よ、という言葉があるが、今のおまえがまさにそれじゃ。まだ、別れてから間もないというのに精悍《せいかん》な顔つきになった」

「ありがとう、ヴァンダル父さん。下界で色々な人と出会って、色々なことを学べたよ」

「うむ、書物だけでは学べぬことをたくさん学んだようじゃな。旅立たせて正解だった」

「それはいいことね。修行の成果も出たことだし、旅はこの辺にしたら？」

　女神ミリアはすかさずそう付け加えるが、僕にそのような気持ちはなかった。

「世界は広い。僕はまだ西にあるという広大な砂漠《さばく》を見ていない。北にある氷河も。東にあるということは違《ちが》った文化を持つ国々も見ていないんだ」

「なるほど、まだまだおまえの探究心は満たされていないのかな」

「うん、そうだね」

「ならば旅を続けよ。すべてをその目で確認してこい。おまえはまだ若い。旅に疲《つか》れる歳《とし》ではない」

ミリア母さんは「なんてこと言うのかしら、このジジイ」という視線を向けるが、僕が意志を曲げないことも知っているのだろう。うなだれながら言った。

「……まあ、旅をするのはいいけど、実家に帰ってきたときくらい羽を伸《の》ばしてね。しばらくはゆっくりしていくのよ？」

と言った。

見れば神々の館は冬至祭のときのように綺麗《きれい》に飾《かざ》り付けがされている。ミリア母さんが時間を掛けて飾ってくれたのは明白であった。また、山の動物たちもちらほらと集まっている。どんぐりをいっぱい抱《かか》えた子リス、蜂蜜《はちみつ》を持ってきてくれた熊《くま》、幼馴染《おさななじ》みの狼《おおかみ》シュルツはお嫁《よめ》さんを連れてきてくれた。

里心が急に湧いてくる。それに彼らのもてなしを無下《むげ》にするのは申し訳ない。

ルナマリアもゆっくりしていくように勧めてくるし、数日は滞在《たいざい》する旨《むね》を伝える。

それを聞いたミリア母さんは飛び跳《は》ねんばかりに喜ぶと、「美味《おい》しい料理を作らなくっちゃ！」と言い放つ。ヴァンダル父さんは「わしが代わりに作る！」と珍《めずら》しく表情を慌《あわ》てさせる。ミリア母さんの料理の腕前はこの山で一番酷《ひど》いのである。

和《なご》やかに時間が流れるが、ひとりだけ目が笑っていない人物がいることに気が付く。僕はその人物を誘《さそ》う。

「……ローニン父さん、夕食までの時間、軽く稽古《けいこ》をつけて貰《もら》っていいかな？」

剣《けん》の神ローニンは僕の真意を察したようで、「構わないぜ」と言った。

ミリア母さんは「こんな日も修行なの？　まったく、これだから剣術馬鹿《ばか》は……」と言ったが、僕とローニン父さんがふたりきりになるのを許してくれた。その間、ルナマリアに神々の館特製のドングリパイの作り方を教え込むのだそうな。旅の途中《とちゅう》でも僕がひもじい思いをしなくてもいいように、と偉《えら》そうに言うが、レシピを考案したのも教えるのもすべてヴァンダル父さんである。

ただそれでもルナマリアは嬉しそうだった。深々と頭を下げ、老神と女神を連れ立ち、キッチンへと向かった。

僕とローニン父さんはそれを見送ると、修行場へと向かった。

†

幼き頃《ころ》から修行に使ってきた修行場に行くと、ローニン父さんは無言で刀を抜《ぬ》いた。

僕は修行場に置かれていたショート・ソードを取る。

そのまま無言で斬《き》りかかる。

カキン、と金属音が木霊《こだま》する。

「……やるじゃないか、ウィル」

「全部父さんに教えてもらったことだよ」

「いや、太刀筋《たちすじ》に野性味と機知が付加されている。数々の実戦を経験した男の剣になっているぞ」

「実際、多くのものと戦ってきたからね」

ひとつひとつ列挙する。

「傭兵崩《ようへいくず》れ、ゾディアック教団、魔物《まもの》から悪魔《あくま》まで、なんでもござれだ」

「いい経験を積めたんだな。男子三日会わざれば刮目して見よ、だな」

ローニン父さんはそう言うと、つばぜり合いをやめ、蹴《け》りを入れてくる。

父さんの剣は粗野なものだが、蹴りまで使うのは珍しい。

「それだけお前が強くなったということよ。このままだと抜かれるかもな」

「まさか、そんなのありえない」

「いいや、そうでもないぜ。『神威《しんい》』を使わなければ後れを取っちまうかもしれない」

「ならば神威を使ったっていいんだよ」

軽く挑発《ちょうはつ》すると、剣撃を加える。

「こいつ、一丁前に」

と言うがローニン父さんはとても嬉しそうだった。

父さんの生きがいは僕が強くなっていくこと。見違《みちが》えるようにたくましくなった僕の剣筋に惚《ほ》れ惚《ぼ》れしているようだった。

もしかしたらこれならば『神威』を使ってくれるかもしれない。淡《あわ》い期待に包まれる。

ちなみに神威とは神々だけが使える異能のことだった。神々が神威を使えば、天は轟《とどろ》き、大地は裂《さ》ける。どのような巨竜《きよりゆう》でも一撃《いちげき》で倒《たお》れる。いわば禁断の秘技であった。幼き頃から神威の存在を知っていた僕だが、間近で見たことは一度もない。いつかその技を見せてもらいたいと常日頃《つねひごろ》から言っていたのだが、ローニン父さんはもちろん、ヴァンダル父さんもミリア母さんもなかなか見せてくれなかった。

「こいつは切り札だし、それにまじでやばい技なんだよ。大事な息子になにかあったら、ミリアがヒステリーで死ぬからな」

そううそぶくローニン父さん。基本、いい格好しいの父さんがためらうということは相当危険な技なのだと想像できる。しかし、僕はもう大人、それに旅をし、経験を重ねた身。そろそろ子供扱《あつか》いをするのをやめてほしいところであるが。

そう思っていると、ローニン父さんは口を開く。攻撃《こうげき》をやめずに言う。

「……この山に来る途中、奇妙《きみょう》な女と遭遇《そうぐう》しただろう」

「…………」

沈黙《ちんもく》してしまったのはローニン父さんの顔が思いの外《ほか》真剣だったのと、僕に心当たりがありすぎるからだった。

「遭遇したよ。父さんのことを仇《かたき》だって言ってた」

「なるほど仇か。言ってくれるじゃないか」

「……仇なんてありえないよね。父さんが他人に恨《うら》まれるようなことをするなんてありえない」

「おいおい、おまえの父さんは聖人君子か」

「お酒が大好きで、三度の飯と修行も大好きな剣豪《けんごう》の神様、それがローニン父さんだ」

回転しながら剣撃を加えると、ローニン父さんは不敵に肯定《こうてい》する。

「ああ、その通りだ。剣神ローニンは酒と女にめっぽう弱いが、それ以外は最強の神だ」

「ならばあの子の勘違《かんちが》いなんだね。誤解だったんだ」

「いや、誤解でも勘違いでもない。あの娘《むすめ》、ヒフネの師父を殺したのは俺だ」

「……え」

思わず手に持っていたショート・ソードを落としてしまう。それを見てローニンは刀を収める。互《たが》いの闘志《とうし》がすうっと消えていく。

「どういうこと？　ローニン父さんがあの子の師父を殺したというの？」

「ああ、そうだ。まんまだな」

「なぜ、そんなことを……」

僕はそう言うが、ローニン父さんの表情から『悲しみ』を感じ取り、言葉を止める。そうだ、ローニン父さんがわけもなく人を殺すわけがないのだ。きっとなにか深い理由があるに違いない。そう思った僕は沈黙する。

「…………」

「…………」

互いに沈黙すること数分、僕の真剣《しんけん》さを察したローニン父さんは「少し歩こうか」と僕を散歩に誘った。とっくに日が落ちていたが、僕たちは気にすることなく歩いた。

†

辺りは薄暗《うすぐら》く、道も険しかったが、僕たちは気にしない。通い慣れた道であったし、これくらいでへこたれるような鍛《きた》え方はしていなかったからだ。

倒れた巨木《きよぼく》をひょいと越《こ》えると、ローニン父さんは昔語りを始めた。

「この世界には新しき神々と古き神々がいるという話は知っているな」

「うん、知っている。ローニン父さんたちが新しき神々なんだよね」

「そうだ。俺、ミリア、ヴァンダルが新しき神々だな。新しき神々と古き神々の違いはわかるか？」

「天地創造に関わっているのが古き神々で、天地が創られたあとに神になったのが新しき神々だっけ」

「正解だ。つまり古き神々は由緒《ゆいしょ》があるってことだ。新しき神々は新参ものなのさ」

「元々人間だった人たちが神々になるという話も聞いたけど」

「そういう輩《やから》もいる。つーか、俺やヴァンダルがそうだな」

「ローニン父さんも元々は人間だったんだね」

「そうだ。人間界で生まれ、人間として育った。剣を極めていたら神々の領域まで達してしまい神にされちまった類《たぐい》だ」

「神様になることを望んでいたわけじゃなかったの？」

「そうだな。最初は神になる気など毛頭なかった。ヴァンダルの野郎《やろう》は永遠に研究を続けられるからと望んで神になったようだが、俺は不慮《ふりょ》の事故というか、古き神々に選ばれて神になった口だ」

「その口ぶりだと後悔《こうかい》しているの？」

「多少はな。人間として生き、人間として死にたかった。ただ、今は後悔していないが」

「どうして？」

「神になったからこうして息子と剣を交わすことができるようになった。ありがたいことだと思っているよ」

そう言うとローニン父さんはにこりと微笑《ほほえ》み、僕の頭に手を置く。大きく、重たい手の平だったが、不思議と心地よかった。


修行場から数里ほど歩く。テーブル・マウンテンの頂上付近に近づく。

そこから外界を見下ろす。

どこまでも続く裾《すその》野の森、遠くには人間の街が見える。

「俺はこの国のはるか東にある蓬莱《ほうらい》という国からやってきた。そこには俺のように刀を差すサムライと呼ばれる戦士がたくさんいる」

ローニンは黙々《もくもく》と続ける。

「俺はとある小藩《しょうはん》の剣術《けんじゅつ》指南役の家柄《いえがら》に生まれた。しかし、五男坊《ぼう》。家を継《つ》ぐこともできないし、いい養子先も見つからない。だから思い切って藩を飛び出し、自分の腕《うで》一本で生きることにした」

「そうやって剣術修行をしながら全国を行脚《あんぎや》したんだね」

「そうだ。ミッドニアとの間にある大砂漠《さばく》の国、大平原にある遊牧民の国、様々な国を巡《めぐ》って己を鍛えた。しかし、ある日、自分の力量の限界に気がつく」

「そんなに早く？」

「ああ、我流の限界を感じた。幼い頃から剣に明け暮れてきたが、自分の剣が道場剣の延長線上にしかないと嫌《いや》でも気が付かされたよ」

ローニンは無精髭《ぶしようひげ》を持て余しながら当時を述懐《じゆつかい》する。未熟だった自分を思い出すのは気《き》恥《は》ずかしいらしい。

「というわけで俺は師を探すことにした。自分を高め、尊敬に値する師を探し出し、そいつを目標にすることにしたんだ」

「探すのは大変だったでしょう」

「まあな。実力の限界に悩《なや》んでいたとはいえ、俺は剣術の天才。そんじょそこらの青二才に師など務まるはずがない。俺以上の剣術馬鹿でないと俺の師など務まらない。——というわけで俺は世界中を駆《か》けずり回って道場破りを繰《く》り返した」

「……ど、道場破り……まあ父さんらしいか」

苦笑いを浮《う》かべるが、父さんは全《まった》く気にした様子もなく続ける。

「北に最強のソードマスターがいると聞けばそこに押しかけ、看板を粉砕《ふんさい》。南に最強の剣《けん》士《し》がいると聞けばそいつの道場に師弟を整列させ、土下座をさせていた」

「…………」

当時の地獄絵図《じごくえず》が浮かび、乾《かわ》いた笑いしか漏《も》れないが、ローニンは武勇伝を語りたいわけではないようだ。すぐに本題に入る。

「まあ、当時の俺は有頂天《うちょうてん》だったんだろうな。限界を感じていたというのはただの勘違いで、自分は強さのてっぺんを超えちまったのかもしれない。そう思うようになっていたのかもしれん。しかし、そんな傲慢《ごうまん》な考え、あの方にあったらすぐに消し飛んだよ」

「それがローニン父さんの師匠《ししょう》なんだね」

「そうだ」

ローニンはにやりと笑うとその師の名を語った。

「剣聖カミイズミ」

それが後の世で剣の神と呼ばれるようになるローニンの師匠の名前だった。

†

数十年ほど前、まだ人間だったローニン。

自分の強さに疑念をいだきつつも、自分よりも強い男と出会えないでいる葛藤《かっとう》に苦しんでいた。そんな若かりし日のローニンであったが、その天狗《てんぐ》のような鼻もへし折られる日がくる。

当時のローニンはミッドニアの西にあるとある小国に、剣聖と呼ばれる人物がいることを知る。

ローニンはその剣聖の実力を確かめるべく、カミイズミがいる山へ向かうが、そこで衝撃《しょうげき》的な体験をする。


生まれて初めて自分よりも強い男に出会ったのだ。


その男は傍《はた》から見ると貧相な老人にしか過ぎなかった。

みすぼらしい綿《めん》の服に土で汚《よご》れた両頰《りょうほお》、剣よりも鍬《くわ》や鋤《すき》が似合う出で立ちであったし、事実、ローニンが見たときも鍬を片手に農作業をしていた。

とても剣聖とあだ名される老人だとは思えなかったが、彼の住むあばら家にはたしかに『カミイズミ流』と書かれていた。

ローニンは訝《いぶか》しげに老人を見るが、見た目に騙《だま》されてはいけない、と彼に勝負を申し出る。

畑仕事が一段落し、握《にぎ》り飯を頬張《ほおば》っている老人に戦いを挑《いど》む。

「貴殿《きでん》が剣聖カミイズミか」

「いかにも」

「貧相なジジイだが、その実力はこの国一と聞いた」

「それは語弊《ごへい》があるな」

老人は照れくさそうに頭をかく。

「なんだ。やはり見た目通りなのか。おまえのような老いぼれがこの国で一番なわけがないものな」

「その通り。ワシの実力はこの世界で一番じゃ」

「……なんだと」

あまりにもな大言壮語《たいげんそうご》に眉《まゆ》をひそめるローニン。

「ジジイ、言うじゃないか。俺は年寄りには優しいから、看板を貰《もら》い受けるだけで勘弁《かんべん》してやろうと思っていたが」

「なんじゃ。おまえは道場破りか」

「そんな大層なものじゃない。ただ自分よりも強い男を探しているに過ぎない」

「なるほど、ただ強さのみを探求してここまでやってきたか」

「そうだ。俺はもっと強くなりたい」

「ならばワシの弟子にしてやろうか。ちょうど、薪割《まきわ》りに若いのがほしかった」

「俺が薪割りだと？　舐《な》めるなよ、クソジジイ」

「年寄りには優しいんじゃなかったのか」

「人によりけりだ。大言壮語を吐《は》くジジイは嫌《きら》いだ」

「ワシもおぬしに好かれようだなどとは思わない。しかし、この世界はまだまだ広いことを教えねばな。それが剣の道を極めようとした先達《せんだつ》としての務めだて」

カミイズミ老人はそう言うと、あばら屋の奥から短剣《たんけん》を持ってくる。いや、短剣とも呼べないような貧弱なナイフを持ってくる。

「まさか、そんな果物ナイフで俺とやろうっていうんじゃないだろうな」

「そのまさかじゃが」

その言葉に苛立《いらだ》つローニン。しかしカミイズミ老人は気にした様子もなく、果物ナイフを構える。

「剣の道を極めればこのようなナイフとて聖剣に負けない剣となる。ましてやおぬしとワシくらい実力が離《はな》れていればこれくらいのハンデがなければ」

「……糞《くそ》ジジイ」

ローニンは腰《こし》の刀に手をやる。

「むき出しの怒《いか》りじゃな。自分の感情を制御《せいぎょ》できないものに自分の剣を制御できようか。

――まあ、今のおぬしになにを言っても無駄《むだ》じゃろう」

カミイズミ老人はそう言うと「抜《ぬ》け」とローニンに剣を抜かせた。すでに敬老精神など消し飛んでいたローニンは腰から刀を抜くと、カミイズミ老人に斬《き》りかかった。

無論、殺意を込めた一撃《いちげき》ではないが、腕を斬り落とすくらいの一撃を見舞《みま》ったつもりだった。老人も剣士ならばそれくらいの覚悟《かくご》があるだろうという前提の一撃だったが、そのように甘い一撃が『剣聖』に通るはずもなかった。

カミイズミ老人は流水のような動作でローニンの斬撃をかわすと、風と一体化したようななめらかな挙動でローニンの首元に果物ナイフを突《つ》き付けた。

あまりにも自然体な動きにローニンは瞬《まばた》きする間もなかった。

（ば、馬鹿《ばか》な。なんて動きだ。鷹《たか》よりも鋭《するど》い目を持っている俺が反応することもできなかったと……)

あまりにもなことにしばし呆然《ぼうぜん》となるが、すぐに老人と自分の実力差に気がつくとローニンは即座《そくざ》に土下座をした。地に頭をこすりつけると、自然と漏れ出た言葉を体外に吐き出す。

「どうか、私めを貴方様《あなた》の弟子にしてください」

自分よりも強い男であるカミイズミ老人。その強さにも惹《ひ》かれたが、どこまでも深い人間性にも感化されたのだ。

剣を教わるのならばこの人がいい。いや、この人でなくてはならない。そんな運命を感じたのである。

カミイズミ老人もローニンの才能を認めた。この傲慢な青年はどこまでも伸《の》びる。後年、天命を感じたとも言ったカミイズミ老人。

こうしてカミイズミ老人は『二人目』の弟子を取った。

†

「さて、こうして剣聖カミイズミの弟子になったわけだが、当時の師匠にはすでに弟子がいたんだ」

剣神ローニンは当時の状況《じょうきょう》を説明する。

「……それがもしかしてヒフネさん、……のわけはないか。年齢《ねんれい》が違《ちが》いすぎる」

「そうだな。あの娘《むすめ》が兄弟弟子なら相当なババ様だ。だから違う。まあ、大外れでもないが」

「じゃあ、もしかしてローニン父さんの兄弟弟子の弟子がヒフネさん？」

「正解だ」

「俺の師匠の剣聖カミイズミは滅多《めった》なことでは弟子を取らないと有名だった。しかし、そんな師匠も寄る年波には勝てなかったのか、晩年、ふたりの弟子を取った」

「そのひとりがローニン父さん」

「そしてヒフネの育ての親のトウシロウだ」

「トウシロウ……」

「俺が殺した男だな」

「父さん！」

「なぜ、おまえが声を荒《あら》らげる？」

「だって父さんが人を殺すわけがない」

「んなことあるか。腰にぶら下げているものが見えないのか。昔、これの別名を教えただろう」

腰の刀をカチャリと持ち上げる。

「……人斬《き》り包丁」

「そうだ。刀なんていうものは殺人の道具、剣士なんてのはみんな殺人鬼だ」

「違う。父さんの剣には殺意なんてない」

「だから始末が悪いのかもしれない。殺意がないから豆腐《とうふ》でも切るかのように人が斬れちまうのかもな」

父さんは一瞬《いっしゅん》だけ愁《うれ》いに満ちた表情を浮《う》かべると、剣聖カミイズミと兄弟子であるトウシロウさんについて語り出した。

「師匠《ししょう》との出会いはさっき話したとおりだ。どんなすごいやつか試しに勝負を挑んだら、そのでっかさに返り討ちにあった」

ローニンは心底恐《おそ》れ入った、というふうに言う。

「俺は剣神などと呼ばれているが、世界最強の剣士はどう考えても師匠だな」

「そんなに強いの？」

「ああ、強さに底がない。あらゆる流派の剣術《けんじゅつ》にも精通しているのに、どの流派にも属さない動きをするんだ」

「すごい……」

「それはあらゆる流派を極めた上に、それを捨て去って初めてできる絶技だな。まさに剣に愛された男よ」

「父さんにも無理なの？」

「無理だな。俺はローニン流剣術を創始したつもりだが、やはり実家の道場剣の影響《えいきょう》が色濃《いろこ》く残っている。どんなに野蛮《やばん》に見えてもやはり上品さが残っちまう」

　しかし、師匠は違うと言う。

「粗野《そや》で野卑《やひ》なくらいに型がない。無名の型だ。それなのに道場の剣よりも遥《はる》かに洗練されているんだ」

「……そんな剣士が」

「ああ、いたんだ。それが剣聖カミイズミだ。あのジジイは人間の分際で、たかだか一〇〇年くらいしか生きていない癖《くせ》に、誰《だれ》も到達《とうたつ》したことのない領域に到達しちまったのさ」

「すごい。そこまで行くと嫉妬《しっと》もできないね」

「その通りだ。当時の俺も嫉妬なんて感情は一切湧《わ》かなかった。ただただ恐れ入り、憧れ《あこが》るだけだった」

ローニンは誇《ほこ》らしげに言う。

(ローニン父さんでもこんな顔をするのか……)

少年のような表情で述懐《じゅつかい》する父さん。僕は父さんが父さんの時代しか知らないけれど、父さんにも少年や青年時代があったことを知る。

「そんな師匠に近づくため、俺は修行に励《はげ》んだ。剣聖となることはできない。しかし、剣聖カミイズミの弟子になることはできる。彼の教えを受けたものとしてその後の人生、誇りを持って生きていける。そう思い兄弟子と一緒《いっしょ》に修行に励んだ」

「トウシロウさんもカミイズミさんのことを尊敬していたんだね」

「ああ、やつも師匠の剣技《けんぎ》に魅入《みい》られちまった男のひとりさ。俺よりも一ヶ月だけ早く入門したらしいが、先輩風《せんぱいかぜ》を吹《ふ》かすことなく、俺を実の弟のように扱《あつか》ってくれた」

ローニンは目をつむりながら当時のことを語る。

「もしも人生に黄金期というものがあるのだとしたら、それはきっと当時のことだろう」

剣の神ローニンは断言する。

剣聖カミイズミがローニンに稽古《けいこ》をつけてくれた時代。いわゆる修行時代はローニンの人格形成に大きな影響を与《あた》えた。

朝起きると、兄弟子トウシロウとともに滝行《たきぎょう》を行う。血液まで凍《こお》り付いてしまうかのような荒行《あらぎょう》であったが、ローニンはちっとも苦ではなかった。なぜならば修行のあとにはご褒美《ほうび》が待っていたからだ。

剣聖カミイズミは気難しい剣術家にありがちな嗜虐《しぎゃく》性を持っていなかった。無論、修行には厳しかったが、同時に温かさも持ち合わせていた人物だったのだ。

兄弟子と一緒に滝行から帰ると、必ず温かい鍋《なべ》料理が振《ふ》る舞《ま》われた。

鉄鍋《てつなべ》に野菜と獣肉《じゅうにく》を入れて煮《に》込んだだけの鍋を振る舞う剣聖。史上最高の剣士にもかかわらず、彼は毎朝、自分で薪《まき》を割り、自分で料理をし、弟子たちに食事を振る舞った。

「恩に着ろ」

などとは決して口にしない。

ただ、

「美味《うま》いか？」

しわくちゃな顔をにこりと歪《ゆが》ませて短く言うだけだった。

ローニンの実家は蓬莱《ほうらい》国の小藩《しょうはん》の道場主。小藩といえども藩主《はんしゅ》の剣術指南役の家柄《いえがら》だ。

自分の父ならば絶対このようなことはしない、と思った。

食事を振る舞うどころか、次男坊《じなんぼう》以下と同じ部屋で食事を取ることすらなかったのが、ローニンの父親だった。

今まで破ってきた道場主たちも似たようなものだろう。少なくとも弟子のために料理を作るものなどひとりもいなかった。

剣聖カミイズミ流の門を叩《たた》いて数週間、いまだカミイズミ流の初歩も教わっていないが、ローニンはここそが自分の居場所だと思った。

そんな環境《かんきょう》で剣の修行に励むローニン。師匠の力量、人格を限りなく尊敬していたが、兄弟子のことも尊敬していた。

実は——でもないか。案の定であるが、ローニンは当時から生意気というか、人付き合いが苦手な性格だった。蓬萊にいたときも門下生や他の兄弟としょっちゅう喧嘩《けんか》をしていた。それがこじれにこじれて蓬萊を飛び出した経緯《けいい》があるのだ。

なんというかローニンは当時から喧嘩早《けんかばや》いというか、頭に血が上りやすい体質だった。

また、馴《な》れ合いが大嫌《きら》いだった。自分が一番という自負もあったから、兄弟子などとは仲良くできない、そんな態度でトウシロウに接していたのは想像に難《かた》くない。

というわけでローニンは入門した初日からトウシロウに突っかかっていた。

「おいこら、一ヶ月だけ早く入門したからって兄弟子面《づら》すんなよ」

先ほども説明したが、彼は兄弟子面どころか、年長者と対するかのようにローニンに敬意を持ってくれていた。

「あとちょっとくらい腕《うで》が立つからって調子に乗るなよ」

ちょっとではなく、兄弟子は数少ないローニンよりも強い男だった。

しかし鼻息荒いローニンは悪漢のように顔を近づけると、いつもメンチを切っていた。

それらの光景を想像すると笑いが漏《も》れ出てしまう。きっとミリア母さんにメンチを切るように兄弟子にも喧嘩を売っていたに違いない。

しかしトウシロウは本当にいい人で、そんなローニンの挑発《ちょうはつ》に乗るようなことはなく、兄弟子としての節度を守った。

「ローニン、おまえの剣筋は野性味に満ちているようで、実は繊細《せんさい》だ。もう少し力任せに振るっていい場面もあると思うぞ」

うっへー、とはね除けるローニン。しかし、結局はトウシロウの意見を採用し、剣の腕を向上させる。

「おまえの袈裟《けさ》斬りは素晴らしいな、今度俺にも教えてくれ」

これまたうっへーとはね除けるが、最後には毎朝、一緒に袈裟斬りを一〇〇〇本振るうことになる。

「俺はもう腹が一杯《いっぱい》だ。おまえは風邪《かぜ》っぽいのだから今のうちに食べ溜《た》めておけ」

これはうっへーとはね除けずに素直に食べる。人間、食べられるときに食べないといけないからだ。しかし、後日、トウシロウが風邪を引きかけるとローニンは同じように飯を分け与える。

ミリア母さんに言わせれば「聖人かよ！」ということになるのだろうが、たしかにトウシロウさんは聖人だったようだ。

なんと一ヶ月もしないうちにローニン父さんを手懐《てなず》け、『不本意』ながらも「兄弟子」と呼ばせることになるのだから。

「一緒に寝起《ねお》きをし、一緒に滝行をし、一緒に鍋をつつき、一緒に剣を振るい。師匠と三人、岩風呂《いわぶろ》に入る。まあ、そんな日々を続ければ仲良くもなるわな」

とはローニン父さんの照れ隠《かく》しだが、きっとこのふたりは馬がとても合ったのだろう。

性格は正反対だが、いや、正反対だからこそなにか惹《ひ》かれ合うものがあったのだと思われる。――しかし、先ほどから聞く話に不穏《ふおん》な要素は一切ない。ローニン父さんの言葉が嘘《うそ》でないのならば、ローニン父さんはその兄弟子を殺したということになるのだが。

「……父さんがカミイズミさんやトウシロウさんの話をするとき、とても穏《おだ》やかな表情をする。ミリア母さんやヴァンダル父さんとくつろいでいるときみたいな顔になる。そんな父さんがトウシロウさんを殺したとはとても思えない。やっぱりさっきの言葉は嘘なんだよね？　父さんはトウシロウさんを殺していないんだよね？」

僕の真剣《しんけん》な問いに父さんは真剣に答える。

ゆっくりと横に首を振ると言った。

「いいや、なにひとつ違《ちが》わない。俺はトウシロウを斬《き》った。唯一《ゆいいつ》の友を斬ったんだ」

「………………」

にわかには信じがたいが、それ以上、尋《たず》ねても無駄《むだ》だろう。次の言葉を待つ。

「その後、俺とトウシロウは師匠の元で切磋《せつさ》琢磨《たくま》してな。カミイズミ流の竜虎《りゅうこ》と呼ばれるようになった」

「竜虎か、強そうだね」

「まあな。しかし、剣術家史上最強だった師匠も人の子だ。定命《じょうみょう》の人間だった。そこで師匠は自分の剣技の奥義を書いた秘伝書を俺とトウシロウに託《たく》した」

「秘伝書……ごくり……」

世界最強の剣豪《けんごう》が遺《のこ》した秘伝書。読んでみたい。もしかして神々の館にあるのだろうか。

そんなことを考えているとローニン父さんは話を続ける。

死の間際、史上最強の剣聖はローニンとトウシロウに、ふたつの巻物を渡す。

それこそが後世、『竜虎の書』と呼ばれることになる秘伝の書である。

竜虎の書とは剣聖と謳《うた》われたカミイズミ流の奥義が書かれたという書物である。剣の道を志すものであれば垂涎《すいぜん》の書物である。かくいう僕とて興味が惹かれる。

「父さんはその竜虎の書を読んだから最強になったの？」

「まさか。目を通しはしたが」

ローニン父さんの返答は簡潔だった。

「興味がなかったの？」

「あったさ。俺とて最強を志すもの。全身の水分を涎《よだれ》にしたいくらい魅力《みりょく》的だ」

だが――、と父さんは続ける。

「竜虎の書は片方だけでは意味がなかった。両方の書を理解して初めて効果を発揮するんだ」

「両方……」

「そう。竜虎の書は対《つい》の書。別名、心と技の書とも呼ばれている。ふたつを読み込み、理解して初めて価値が生じる書物だったんだ」

「ならばもう片方を受け継《つ》いだトウシロウさんと協力して、読み解けばよかったんじゃ」

「賢《かしこ》いな。ま、ふつーそうするか」

「その口ぶりじゃ、試してはみたんだね」

「当たり前よ。俺もトウシロウも最強を目指す剣客《けんかく》、互《たが》いに竜虎の書を見せ合い、ともに修行をすることにした。そもそも師匠が俺とトウシロウに片方ずつ授けたのは文字通り、技と心をつなぎ合わさせるため。カミイズミ流の神髄《しんずい》が技と心にあると知らしめるためだったんだ」

「じゃあ、ふたりは協力してカミイズミ流の奥義を極めたんだね」

「いや、それはできなかった」

「どういうこと？　それほどまでに難しい奥義だったの？」

「いや、それは分からない。今となっては真偽《しんぎ》不明さ。しかし俺とトウシロウはカミイズミ流の奥義を修得することはできなかった。――なぜならば」

一際、真剣な表情をする父さん。思わず僕は生唾《なまつば》を飲んでしまう。

僕の喉《のど》がごくりと震《ふる》えたとき、ローニン父さんは衝撃《しょうげき》の事実を言葉にする。

「奥義を修得するよりも先に俺が兄弟子のトウシロウを斬り殺しちまったからだ」

ローニン父さんは淡々《たんたん》と悪びれずにそう結ぶと、僕に背を向けた。

遠くからミリア母さんの声が聞こえてきたからだ。僕たちを心配し、夕飯が冷めることを気にしている。このままではどやされる、父さんは最後にそうもらすと、そのまま闇《やみ》に溶け込み、神々の館に戻《もど》っていった。

僕は父さんの背中をしばし見つめると、無言で彼の背中を追った。

†

おかんむりのミリア母さん、

「あんたが付いていながらこんな遅《おそ》くなるなんてどういうことよ」

とローニン父さんを責める。

ローニン父さんは、

「俺が付いているから遅くなるんだろうが。おまえは俺になにを期待している」

と言い返した。

「…………」

ぐうの音もでないミリア母さん。ヴァンダル父さんは「一本有りじゃな」と哄笑《こうしょう》を漏らすと配膳《はいぜん》を始めた。その後、僕たちは山の恵《めぐ》みに感謝を捧《ささ》げながら夕食をとる。

僕とローニン父さんはまるでなにごともなかったかのように振《ふ》る舞《ま》う。先ほどのような話、食卓《しょくたく》でするものではなかった。ましてや久しぶりの里帰りで喜んでいる家族の前でするような話ではない。

父さんも母さんも山の動物たちも僕の帰還《きかん》を心の底から喜び、それを形にしてくれたのだ。それを無下《むげ》にすることは神々の子失格なような気がした。

なので僕は辛気《しんき》くさい表情にならないように留意し、気落ちしていることを悟《さと》らせないように言葉を選び続けた。敏感《びんかん》なルナマリアも気が付いていないようだから、それは成功しているのだろう。勝手にそう結論づけると、僕はもうひとつの懸念《けねん》を口にした。

皆《みな》がメインディッシュを食べ終え、デザートに取りかかろうという瞬間《しゅんかん》、僕は懐《ふところ》から砕《くだ》けたミスリルの残骸《ざんがい》を取り出す。

それはローニン父さんから貰《もら》ったミスリルの短剣《たんけん》だった。先日、激闘《げきとう》の末に粉々になってしまった相棒のなれの果てだった。

ミスリルの残骸を見たローニン父さんは無精髭《ぶしょうひげ》をさすりながら言った。

「おいおい、こいつはひでえな。巨竜《きょりゅう》とでも戦ったのか」

「似たようなものかも。二四将のひとりマルムークと戦った」

「古代の悪魔《あくま》か。なるほどね」

「それとこの山の麓《ふもと》でベルセル・ブルの大型種とも」

「ベルセル・ブルの大型種ですって⁉」

がたりと席を立つミリア母さん。大きな胸が揺《ゆ》れる。

「超《ちょう》危険な魔物《まもの》じゃない。しかも今年はベルセル・ブルの当たり年。とんでもないのと出くわしたんじゃ」

森で散々戦った強敵を思い出す。たしかに通常個体よりも何倍も大きいのがいた。もしかしたら過去最高の大型種だったかもしれない。ヴァンダル父さんの書斎《しょさい》にある魔物図鑑《ずかん》の記録を更新《こうしん》したいところだが、この場で言うと母さんが取り乱すので言わない。

――言わなくても取り乱すが。

ミリア母さんはぎゅっと僕を抱《だ》きしめると、その豊満な胸で窒息《ちっそく》させてくる。ぷはぁ、と息継《つ》ぎするとミスリルの残骸をヴァンダル父さんに渡《わた》す。

「この山に戻ってきたのはこの短剣を直して貰うためなんだ。マルムークとの戦闘《せんとう》で壊《こわ》れかけたのだけど、ベルセル・ブルとの戦闘で完全に壊れてしまったんだ」

直る、かな……？　申し訳なさげに差し出すが、受け取ったヴァンダル父さんの反応を見ると、あまりかんばしくなかった。

「ふうむ」と眉《まゆ》をひそめながら受け取ると、一応、魔力《まりょく》を送り、構造分析《ぶんせき》をし、片眼鏡を取り出し、精査する。

しばし調べると、ヴァンダル父さんはあっけなく言った。

「無理じゃな」

と。

「やっぱりそうか」

僕は食い下がらない。ヴァンダル父さんは冶金《やきん》学にも精通した魔術《まじゅつ》の神様だった。そのような人物が調べた上で駄目《だめ》だというのならば、世界一の刀鍛冶《かたなかじ》に頼《たの》んでも駄目だろう。

「正確に言えば秘薬を使い精製し直せばもう一度短剣を作り出せるだろうが、その場合は相当強度が落ちる。それはもはやミスリルではない。おまえの足を引っ張るポンコツでしかない」

「…………」

それでも大丈夫《だいじょうぶ》！　と胸を張れないのが痛いところだ。これからの旅、ゾディアック教団との戦闘は避《さ》けられないだろうし、それにまたベルセル・ブルのような強力な魔物とも対峙《たいじ》するだろう。そのとき貧弱な装備では自分はともかく、ルナマリアを守ることはできない。

そう考えれば感傷によってミスリルを再利用する道はないように思われた。

今度こそ心の中で長年共に戦った相棒に別れを告げる。ヴァンダル父さんに供養してくれるようにお願いをする。快くそれを引き受けてくれたヴァンダル父さんはミスリルをしまい込むと、こう言った。

「このミスリルを再利用しないのはとてもいい決断だと思うが、しかし代わりに新しい武器を用意しないといけないの」

ヴァンダル父さんは長い白髭《しろひげ》を持て余すと、考察を始める。最初、「物置にあるトネリコの木で木剣《ぼっけん》を作ろうか」と言ったが、それはミリア母さんによって否決される。

「ウィルに今さら木剣なんて持たせても意味ないでしょう。男子たるもの、もっと攻撃力《こうげき》を重視しないと」

正論だったのでヴァンダル父さんは黙《だま》るが、ミリア母さんがその後、わけの分からない提案をするとさすがに拒否《きょひ》をする。

「やっぱ、男子たるものフレイルでしょう。打撃撲殺《だげきぼくさつ》武器で無双《むそう》してこその神々の子」

それはない、と両父さんとルナマリア。しょぼんとするミリア母さんだが、突《つ》っかかることは忘れない。

「ていうか、じゃあ、なんかアイデアあんの？　ミスリルの短剣よりも強くて、フレイルよりも破壊力《はかい》がないと私は認めないわよ」

その無理難題に答えたのはやはりヴァンダル父さんだった。髭を持て余していた彼だが、妙案《みょうあん》が浮《う》かんだようだ。

「そういえばこのテーブル・マウンテンから西に行った場所にアーカムという都市があるのは知っているか」

「私が知っているわけないでしょ」

偉《えら》そうに胸を張るミリア母さん。代わりに答えたのはルナマリアだった。

「知っています。この山にやってくる前に一度立ち寄りました。――たしかそのとき、祭りの準備をしていたような」

は!? という表情を浮かべる地母神《ちぼしん》の巫女《みこ》ルナマリア。

「そうでした。たしかアーカムの街では三年に一度の武術大会が開かれるのでした」

「ぶじゅつたいかい……？」

平仮名になるミリア母さん。なにそれ？ である。

「その名の通りの催《もよお》し物です。アーカム伯爵《はくしゃく》が国中から選《え》りすぐりの戦士を集め、互いを競わせるのです」

「まあ、野蛮《やばん》。これだから下界の男どもは」

「同感ですが、その大会の優勝者には毎回、豪華《ごうか》な刀剣類《とうけん》が与《あた》えられるそうです」

「あ、つまりその大会に出場して、立派な剣をゲットしようって腹づもり？」

「そうじゃ」

とは魔術の神ヴァンダル。

「たしか今年の景品はダマスカス鋼で作られた剣のはず」

「ほお、ダマスカス鋼の剣か。そりゃ、ミスリルにも見劣《みおと》りしない逸品《いっぴん》だな」

ローニン父さんは感嘆《かんたん》する。

「そういうことじゃ。ウィルの手足は伸《の》び、立派な武人となった。短剣から剣に持ち替《か》えるいい機会やもしれない」

「たしかに。最強を目指すならば剣一択《たく》だ」

剣の神様のお墨付《すみつ》きが出た。どうやら僕はそろそろ短剣から卒業する時期らしい。

「短剣で超近接戦闘を極めさせてから剣に移行させるつもりだった。つまり善い頃合《ころあ》いってことだ。俺はアーカムに行くことを勧《すす》めるぜ」

「わしもじゃ」

「私もー」

となるがローニン父さんはその後、意外な提案をしてくる。

「さて、そうと決まったら善は急げだ。今回は俺が一緒《いっしょ》に供をさせて貰おうかな」

その提案にミリア母さんは顔をしかめる。女神らしからぬメンチを切る。

「はあああああああぁ？　なにそれ、なにナチュラルにウィルに付いていこうとしてるわけ？　この剣術馬鹿《ばか》は」

「うっせー、年増女神。前回はおまえがウィルの供をしただろう」

その言葉を聞くとミリア母さんは慌《あわ》てだし、「な、なんでもないわよ。ていうか、ばらすな、馬鹿」とローニン父さんを睨《にら》み付ける。

きょとんとする僕、おかしげに僕たちの様子を確認するルナマリア。

その後、ミリア母さんとローニン父さんはいくつかやり合うが、最終的にはローニン父さんが勝利をした。アーカム伯領《はくりょう》で行われる武術大会は剣客《けんかく》のほうが優勝できる確率が高いからだ。治癒《ちゆ》の女神である自分が出るよりも高確率で優勝できるという理論には太刀《たち》打ちできなかった。

「……って、父さんが出るの？」

「ああん？　不服か？」

「まさか、その逆だよ。父さんが出るなら優勝は間違《まちが》いなしだ。でも、チート過ぎない？　人間の大会に神様が出るなんて」

「安心しろ、神域の外の俺はただの剣客だ。神威《カムイ》は使えない」

「神威がなくたって無敵のような……」

と言うが下界に降りることには反対しなかった。ローニン父さんが付いてくると宣言したからには覆《くつがえ》せるとは思えなかったからだ。父さんと下界に行くのは楽しみでもあった。

「分かった。じゃあ、明日になったら一緒にアーカムに向かおう」

「さすが俺の息子、話が分かるじゃないか」

にやりと日本酒に口を付けるローニン父さん。話はまとまり掛《か》けたがやはりミリア母さんは文句を入れてくる。

「まてまて、一億歩譲《ゆず》ってこの剣術馬鹿が同行するのはいいとして明日というのは納得いかないわ」

「だな、せっかく久しぶりに戻《もど》ってきたのだから、もう少し骨休めをしていけい」

魔術の神ヴァンダルも援護《えんご》をする。僕はルナマリアに視線をやるが、彼女はこくりとうなずく。

「そうだね。まだ武術大会まで間があるようだから、もう数日は山にいようか」

「そうこなくちゃ。じゃあ、大会の開催《かいさい》日ぎりぎりまでパーリィーナイトよ」

治癒の女神ミリアは腕《うで》まくりをすると料理の腕を振《ふ》るう旨《むね》を宣言する。ルナマリアは慌てて「私もお手伝いしますわ」と言った。ミリア母さんの料理の腕が心配でしかたないようだ。僕としてはミリア母さんの愛情たっぷりドングリパイが好きなのだが、たしかにルナマリアが助力したほうが美味《おい》しいものができそうだったのでルナマリアにすべてを任せることにした。

その後数週間、かつてのように過ごす。

朝、ローニン父さんと剣の稽古《けいこ》をし、汗《あせ》を流す。昼、ヴァンダル父さんから魔術の講義を受ける。夜には皆で集めた薪《まき》でお風呂《ふろ》を沸《わ》かして入る。母さんが一緒に入ると言って聞かないが、ルナマリアの手前、それは恥《は》ずかしいし、それに彼女だけひとりで入るのも寂《さび》しかろうと男女別々で入ることにする。

お風呂から上がると夕食を食べて、皆で星を見る。ミリア母さんは流れ星に願いを託《たく》し、ローニン父さんは自分の宿星を探し、ヴァンダル父さんは星々の蘊蓄《うんちく》を語る。僕とルナマリアはその光景を楽しげに見つめる。

「仲の良い神々ですね」

「そうだね、普段《ふだん》は喧嘩《けんか》ばかりしているけど」

「喧嘩するほど仲がいいといいます」

「だね。昔、灰色の猫《ねこ》と赤茶のネズミが出てくる物語を読んだら、『仲良く喧嘩しなさい』

って書いてあった。あんな感じだと思う」

「トーマスとゼリーですね」

「そうそう。あ、ルナマリアも読んだことあるの？」

「いえ、私は目が見えませんから。大司祭のフローラ様が麓《ふもと》の子供たちに読み聞かせていたのです」

「へえ、大司祭様がねえ……」

言葉尻《ことばじり》が小さくなったのはルナマリアがつぶやいた名前に聞き覚えがあったからだ。

「大司祭フローラ……あ、思い出した」

「ご存じなのですか？」

「うん、バルカ村のババ様がその名前を口にしてたんだ」

「まあ」

驚《おどろ》くルナマリア。

「たしか大昔、バルカ村に通りがかって、緑熱病《りょくねつびょう》に苦しんでいたジンガさんを救ってくれたって」

「なるほど、それはあり得そうです。フローラ様は若き頃《ころ》に世界中を旅し、救世の道を探っていたそうですから」

「修行の旅をしていたんだね」

「そうです。その治癒魔法《ちゆまほう》と薬学の知識を使って多くの人々を救ったそうです」

「徳が高そうだ」

「はい。地母神教団一の徳を持っています」

「すごい。いつか会って色々と教わりたいな」

「ですね。フローラ様もウィル様に会いたがっています」

「ほんと?」

「もちろんです。そもそも私が地母神の教団を旅立ったのはウィル様を連れて帰るため。是非《ぜひ》、一緒に帰ってフローラ様と面会してください」

「分かった。——と言いたいところだけど、まずは武術大会に出ないと」

「そうでした。もちろん、まずはそちらを優先させましょう。アーカムの武術大会に出場する——」

ルナマリアの言葉を遮《さえぎ》るようにローニン父さんがずいっとやってくる。

「違《ちが》うぜ。武術大会で優勝する、が俺たちの目的だ」

僕は軽く苦笑いしながらルナマリアを見つめる。

「そういうことみたい。僕か父さんが優勝しないと収まらなそうだ」

「それならば心配することはありませんわ。必ずウィル様が優勝されましょう」

「ほう、分かってるじゃねえか、盲目《もうもく》の巫女様は」

ローニン父さんはにやりと笑うと僕とルナマリアの肩《かた》を叩《たた》いた。

「さあて、そろそろ出立するか。ぎりぎりまで山に留まっていたら遅刻《ちこく》しちまうかもしれない」

ローニン父さんらしからぬ言葉だが、たしかにその通りなので、翌日、出立する。ミリア母さんは「あんたはお供できるからいいわよね」と皮肉を漏《も》らすが、あまり滞在《たいざい》を強《し》いて大会に遅刻させるのも悪いと思っているのだろう。最後は涙《なみだ》ながらに見送ってくれた。

「いいウィルちゃん、生水には気をつけるのよ。ルナマリアの色香《いろか》に騙《だま》されるんじゃないわよ。あと毎日歯を磨《みが》いて、うがいと手洗いを徹底《てってい》して――」

「分かっているよ、母さん。僕はもう子供じゃないんだよ」

「なにを言っているの。この前まで私と一緒に寝《ね》ていたウィル坊《ぼう》やじゃない」

母さんが無理矢理にベッドに入ってきていただけなような……。と言いたいところだが、ここは反論よりも抱擁《ほうよう》が必要だと知っていた僕は母さんを抱《だ》きしめる。

イメージとは違いとても華奢《きゃしゃ》な母親を抱きしめる。今にも折れそうなほど繊細《せんさい》だった。

（……母さんってこんな小さかったのか）

いや、僕が大きくなったのか。改めて自分の身体《からだ》を見れば手足は伸びていた。いつの間にか狼《おおかみ》のシュルツよりも背が伸びていた。

（……年老いた母を置き、旅に出る。帰れば母の白髪《しらが》増える）

昔読んだ詩集に書かれていた詩である。そのときはぴんとこなかった詩であるが、今ならばその詩の意味と良さが実感できる。心の中だけで感慨《かんがい》にひたると、母親の肩を離《はな》す。

「さて、母さん、またさよならだ。でも、またすぐに会えるから」

「ほんと？」

「本当だよ」

「ほんとにほんと？　何月何日、何時何分何秒に帰ってくる？」

「それは明言できないけど、そう遠くない日に」

「……分かったわ。それまで我慢《がまん》する。でも、本当に身体に気をつけなさいよ」

「分かっているさ。じゃあ」

最後にもう一度だけ名残惜《なごりお》しげに手を振ると、ヴァンダル父さんや山の動物たちにも手を振った。

「またね、みんな」

もちろん、山の動物たちは人間の言葉を話せない。だけど彼らの表情や仕草からも名残惜しさと愛情が溢《あふ》れていた。父さんと母さんのように僕を見送ってくれた。
僕は後ろ髪《がみ》を引かれながら山を下りた。

第四章　城塞《じようさい》都市アーカムの武術大会

†

ローニン父さんとルナマリアと連れだって山を下りるが、とても違和感《いわかん》。

「……そういえばローニン父さんと山を下りるのは初めてだな」

いや神々は山を安易に下りてはいけないので、他の父さんとも下りたことはないのだけど。

（しかし、結構簡単に下りられるものなんだな）

神域を出るとき、父さんの身体になにか劇的な変化、たとえばなにか衝撃波《しようげきは》のようなものが発生するかと思ったら、あっさりと通ってしまって拍子抜《ひようしぬ》けだった。そのことについて父さんが語る。

「俺たちテーブル・マウンテンの神々は下界に干渉《かんしよう》してはいけない不文律があるんだけど、下界に行ってはいけないわけじゃないんだ。現に俺らはよく買い出しに行ってたろ」

「たしかにお米や味噌《みそ》の買い出しに行っていたね」

「そういうことだ。おまえを連れていかなかったのは喧嘩になるからだな」

ちなみに、と続ける。

「神域を離れると俺たち神々の能力は激減する。神威《しんい》が使えない身体になる」

「ということは人間と同じくらいの強さになるの？」

「まあな。それでもなんの鍛練《たんれん》も積んでない雑魚《ざこ》など瞬殺《しゅんさつ》できるが」

「武術大会で当たったら僕にも勝ち目があるってことか」

「こいつ、生意気な」

軽く僕を小突《こづ》く父さん、微笑《ほほえ》ましくそれを見守るルナマリアだが、疑問を口にする。

「しかし、ローニン様はなぜ、武術大会に出られる気になったのですか？　ウィル様の成長を見守りたいタイプに思っていましたが」

「まあ、それはなんだ、その気まぐれよ」

ローニン父さんはぽりぽりと頬《ほお》を掻《か》くが、僕はその理由を知っていた。あのあと父さんは僕と山を下りる理由を語ってくれたのだ。

「おそらくだが、アーカムの武術大会にはヒフネが現れる。俺の息子を殺すために」

なぜ父さんがその情報を知り得たかは知らないが、ヒフネの件、自分で片を付けようという意思は明確に感じられた。

どう片を付けるのだろうか？

ヒフネを武術大会で返り討ちにするのだろうか。

あるいは武術大会の最中《さなか》にわざと討たれることによって仇《かたき》を討たせてやる、という可能性もある。前者はともかく、後者はあまり素敵な未来図ではなかった。

（……もしもそうだとしたら、僕は全力でそれを止めないと）

僕はいまだに父さんが悪意を持ってヒフネの師父トウシロウさんを殺したと思っていなかった。なにかやむにやまれぬ事情があったに違いないと思っていたのだが、いくら問いただしても詳細《しょうさい》を語ってくれることはない。

これはもはやヒフネと対峙《たいじ》するときにしか聞き出せないだろう。そう思っていたが、アーカムに行けばその機会も早くに訪れるはずであった。なので旅路を急ぐが、順調にいかないのが僕の旅の基本だった。道中、オーガの群れに出くわす。

「ゴブリンでもコボルトでもなくオーガか、よりによって」

落胆《らくたん》する僕だが、父さんは豪毅《ごうき》なものだった。

「雑魚を相手にするよりはよいじゃないか。ヴァンダルに貰《もら》ったトネリコの木の剣《けん》の試運転だ」

「その口調じゃ父さんは助けてくれないんだね」

「甘ったれるな。俺が本気を出したら瞬殺だろう」

「そうだけど可愛《かわい》い息子がピンチになってしまうかもよ」

「それこそ有り得ないな。そんな柔《やわ》な鍛《きた》え方していない」

「たしかにそうだけどさ」

やれやれ、とトネリコの剣を抜《ぬ》く。ルナマリアは加勢してくれると言うが断る。

「武術大会ではヒフネさんと当たるかもしれない。それに未知の強敵とも。勝負勘《かん》を養っておきたい」

「さすがはウィル様です」

一歩引き、ショート・ソードを収める。しかし少しだけ心配なようでローニン父さんに耳打ちする。

「ウィル様の剣の腕《うで》はいささかも心配しておりませんが、あの木の棒で大丈夫《だいじょうぶ》なのでしょうか？」

「さすがの嬢《じょう》ちゃんも心配か。だが安心しろ。あの木の棒は業物《わざもの》だ」

「ただの木の棒にしか見えません」

「ただの木の棒じゃないさ。テーブル・マウンテンの奥地に生える霊樹《れいじゅ》だ。樹齢《じゅれい》数百年の古木だ」

「まあ、すごい」

「実際に凄《すご》いさ。ヴァンダルのやつも過保護だからな。最高の武器を用意したはず」

「木剣《ぼっけん》ですが、魔力《まりょく》が込めやすいのですよね？」

「そうだ。あの木剣はウィルの魔力を何倍にも増幅《ぞうふく》してくれる。魔術師《まじゅつし》としても一流のウィルにとっては最適の武器だ」

ローニンがそう宣言すると、僕の木剣が青白く輝《かがや》き出す。

「嬢ちゃん、木剣のオーラが蒼《あお》いだろう。あれもトネリコの特徴《とくちょう》だ」

「みな等しく蒼になるのですか？」

「そうじゃない。持ち主の特性によって変わる。蒼や碧《みどり》は聖なるオーラだ。悪しきものは赤や紫《むらさき》になる」

「なるほど、だからウィル様は真っ青なんですね」

僕も知らなかったので感心してしまうが、そのような暇《ひま》はなかった。オーガの群れが襲《おそ》いかかってきたのだ。向こうも僕との戦闘《せんとう》は避《さ》けられないと思っているのだろう、計ったかのように僕に集中してくる。

お手製の棍棒《こんぼう》や石器の斧《おの》の攻撃《こうげき》が振《ふ》り下ろされるが、僕はそれを冷静にかわすと、木剣の斬撃を繰《く》り出す。

――『衝《しょう》』。

一撃《いちげき》で吹《ふ》き飛ぶオーガ。『衝』属性を付与《ふよ》した一撃は気持ちいいくらいに決まった。

「すげえ一撃だな、我が息子ながら」

「さすがはウィル様です」

「しかし『斬』を使わないのは頂けないな。オーガは生命力が高いから『衝』じゃちと不利だぞ」

そんなことは承知していたが、オーガとはいえ命、むやみやたらに奪《うば》いたくなかった。

僕が甘ちゃんだからだが、そのような性格に育てたうちの首謀者《しゅぼうしゃ》はローニン父さんだったし、その性格でここまでやってこられたのだ。容易に変えるつもりはなかった。

というわけで体術を交えながら攻撃を加えていくが、オーガの数はみるみる減っていく。

暴力性の塊《かたまり》の生き物だが、だからこそ暴力に弱い一面があった。自分よりも遥《はる》かに強い生き物には逆らわないようにＤＮＡに組み込まれているのだろう。蜘蛛《くも》の子を散らすように退散していく。

「明日からスパイダー・オーガを名乗るがいいさ」

ローニン父さんはそう吐《は》き捨てると僕のほうに振り向く。僕の髪《かみ》の毛をくしゃくしゃにしながら言った。

「よくやった。さすがは俺の子だ。まあ、何匹《ひき》かぶった斬《ぎ》ったほうがいいと思ったが」

「それは次の機会に」

「次も同じように処理するくせに。しかし、まあオーガ相手ならば手心を加えられるが、武術大会ではそうはいかねえぞ。名うての剣士《けんし》が集まる」

「分かっている。僕も剣神の息子だよ。不殺《ふさつ》を気取って後れを取るつもりはない」

「じゃあ場合によっては参加者も斬るんだな？」

念を押すように聞くローニン父さん。

納得はしたようだが、信じてはいないようだ。僕が人を斬れるとは思っていないようである。しかしその考えは正しい。実はまだ僕は人を斬り殺したことがない。今までその必要に迫《せま》られなかったということもあるが、それ以上に神々の優しさを受け継《つ》いでしまっているからだ。しかし、今まではそれで通用したが、今後もそれを貫《つらぬ》けるかは自信がない。

先日手合わせしたトウシロウさんの弟子ヒフネ。対峙したのは僅《わず》かだが、その実力は想像以上だ。不殺を貫いた上で勝てる保証のない相手だった。そんな相手が本気でこちらの命を狙《ねら》ってくるのだから、僕にも相応の覚悟《かくご》がなければ負けてしまうだろう。

そうなれば僕は死ぬことになるのだが……。

ふとルナマリアの顔が目に入るが、彼女は心配そうにしていた。

（……いけない）

彼女を心配させてしまった。男はいかなるときも女性を心配させてはいけないのだ。

神々にそう習った僕は笑顔を作ると歩みを進めた。

父さんは僕のことを意味ありげに見つめている。もしかしたら父さんは甘ちゃんな僕を助けるために今回の旅に同伴《どうはん》したのかもしれない。そう思った。

†

城塞都市アーカムはミッドニアの西方にある。

その名の通りの城塞都市で、ミッドニア王国の西の守りの要《かなめ》であるが、歴史上、西方の敵国から攻《せ》められたことはないのだという。なのでアーカムを囲む城塞も無用の長物となっていたが、それでも城塞都市の面目《めんもく》を保つため、ミッドニア王国軍の屯所《とんしょ》が置かれていた。

また武芸も盛んでいくつもの流派がしのぎを削《けず》っていることでも知られた。ローニン父さんも若かりし頃《ころ》によく道場破りをしていたという。

そんな武芸都市で毎年開かれるのがアーカム武術大会だった。

今年も王国各地から腕自慢《うでじまん》が集まっている。

アーカム市の中央通りは人でごった返していた。武芸者と思われる人々が闊歩《かっぽ》している。

「おおすげえな。剣に斧、槍《やり》に弓、なんでもいるな」

「やや剣が多いですね」

「そりゃあな。男の武器といえば剣よ」

刀を自慢《じまん》げにさするローニン父さん。

「武闘《ぶとう》家も多いですね。素手の方もおられます」

「武器ありの大会に拳《こぶし》で挑《いど》もうっていう変態だ。さぞ強そうだ」

オラ、ワクワクしてきたぞ、という顔になるローニン父さん。放っておけばそこらの武芸者と手合わせしそうな勢いだったので宿を探す。

「しかしこのように活況《かっきょう》ですとなかなか宿が取れないかもしれません」

ルナマリアは常識論を述べるが、その感想はぴたりと当たる。どこの宿も満杯《まんぱい》であった。

大通りの宿はどこも満室と表示されている。裏通りの宿も入るなり無理だと言われたり、一〇倍の値段を吹っ掛《か》けられたりした。

「……となると残りは連れ込み宿だが」

軽く見たがそこも満杯だったのでもはやお手上げである。

「ちなみに城塞《じょうさい》都市アーカムでは無宿人は牢屋《ろうや》に入れられるそうです」

「雨露《あめつゆ》はしのげそうだが」

「代わりに大会にも出られないんじゃないかな」

「たしかに。しかし、こいつはとんだ罠《わな》だな。出場資格は緩《ゆる》いくせに、まさか宿がないとは」

「だね。出場したときの心配はしていたけど、まさか出場前に躓《つまず》くとは」

「まだ諦《あきら》めるのは早いです」

と提案するのはルナマリア。

「こういうときは下町に行きましょう」

「下町の宿も同じようなものじゃないかな」

「宿はそうですが、なにも馬鹿《ばか》正直に宿に泊《と》まる必要はありません」

「なるほど、今流行《はやり》の民泊《みんぱく》をするのな」

「ですね。ホーム・ステイとも言います」

「市民の家に泊めて貰うのか」

「はい」

「さすがはルナマリアだね」

「旅に慣れておりますから」

はにかむルナマリア。なんでも大地母神《ちぼしん》教団はお世辞にも裕福《ゆうふく》とはいえない教団。修行の旅をするときは無一文が基本で、托鉢《たくはつ》をしながら世界を放浪《ほうろう》するらしい。基本、市民に宿を請《こ》い、泊めてもらうことが多いのだとか。

「世の中、まだまだ捨てたものじゃないね」

「その通りです。しかもこのアーカムには前回泊めて頂いた地母神の教徒がおります。厚かましいかもしれませんが今回も頼《たの》んでみましょう」

善は急げと下町に向かう僕らだが、そこでまたトラブルが。

前回、ルナマリアが泊めて貰《もら》ったという道具屋の扉《とびら》などには無数の「差し押さえ済み」という文字が。どうやら借金の形《かた》になっているらしい、と察した僕たちは中に入り、店番の少女に尋《たず》ねる。

カウンターの奥から、

「いらっしゃいませ」

と声が聞こえるが、声は聞こえど姿は見えない。きょとんとしているとルナマリアが説明してくれる。

「そこにいるのはこの店の店主のお孫さんでしょう。まだ小さいのにお手伝いとは偉《えら》い」

ルナマリアは微笑《ほほえ》みながらカウンターの裏に回り込む。そこには七歳くらいの少女がいた。三つ編みの少女はぺこりと頭を下げると、「うんしょ」と奥から台座を持ってきて、カウンターからひょっこりと顔を出す。

そして、にこやかに先ほどの言葉を繰り返した。

「いらっしゃいませ、盲目《もうもく》の巫女《みこ》様にそのお連れ様」

屈託《くったく》のない笑顔は看板娘《むすめ》そのものだったが、今の状況《じょうきょう》がどうなっているか、尋ねてみた。

「お久しぶりです、アイナ」

「はいな。ルナマリア様」

「数ヶ月ぶりですが、この変わり様はなんなのですか？」

店の外は勿論《もちろん》、店の中も「差し押さえ」や「売却済《ばいきゃく》み」の文字で溢《あふ》れていた。

「……これはあのその」

なかなか事情を話そうとしないアイナ。部外者に事情を話すのが恥《は》ずかしのだろう。さすがは商売人の家の娘だが、ここまで知ってしまったからには、はいそうですかと立ち去る気にはならなかった。なので事情を話すように願い出てみるが、その言葉を聞いていた店主が奥からやってきた。

彼は不機嫌《ふきげん》さを隠《かく》さず言う。

「ルナマリア様、お久しぶりでございます」

「ワイツさん、お久しぶりです。この惨状《さんじょう》、どういうことなのですか」

「……それは言えません」

「どうしてですか？」

「私も商売人、意地があります」

「そうですよ！　悪徳商人に騙《だま》されて店の権利書を奪われたなんてとても言えません！」

孫娘のアイナが声を張り上げるが、わざとでなく、天然で言っているようだ。ワイツさんはあちゃあという顔をする。

「なんとそんな事情があったのですか」

「善良な市民を騙すなんて信じられない。なんとしても権利書を取り戻《もど》さないと」

もはや隠しようがないと思ったのだろう。ワイツさんはそれを認める。

「……実はお恥ずかしいことですが、架空《かくう》の儲《もう》け話に乗ってしまって財産を差し押さえられました」

孫娘のアイナを見ると「この子の学費にと思ったのですが」と頭に手を置く。「……おじいちゃん」と潤《うる》んだ瞳《ひとみ》を向ける。

「たしかアイナはご両親がいないのでしたね」

「そうです。幼い頃に両親を亡くした不憫《ふびん》な子供でして。こいつの両親が亡くなる前、この子を王立学院に入れてやると約束したのです」

「ならばその約束を果たさないと」

「そうしたいところですが、店の権利を差し押さえられてしまっては王立学院どころか明日の生活もままならず」

「じゃあ、店の権利書を取り戻せばいいんですね」

「そうですが、そのようなこと可能でしょうか」

「可能です」

と言った瞬間《しゅんかん》、店の扉が開け放たれる。そこにいたのはいかにも悪党面《づら》をした商人と、強面《こわもて》の傭兵《ようへい》たちだった。どこからどう見ても借金取りだったが、その想像は寸分も違《たが》わない。

悪党どもは三文小説に出てくるような台詞《せりふ》を放つ。

「おい、ジジイ。借金の返済はどうなってるんだ!?」

悪党面の商人はにやついた表情でその光景を見つめている。手下共は大声を張り上げながらワイツさんを脅迫《きょうはく》した。

「今日までに耳を揃《そろ》えて払《はら》わないと、孫娘を貰っていくと言ったよな」

「そ、それだけは勘弁《かんべん》してくれ。こいつはわしの生きがいなんだ」

「ならば耳を揃えて借金を返せよ」

「く、しかし、あの借金はおまえたちが……」

「俺たちが架空の儲け話を持ちかけたって？　なにを証拠《しょうこ》に言うんだよ。商売を失敗したのはおまえのせいだろう？」

「しかし、仕入れたポーションはすべて腐《くさ》っていた」

「おまえの管理が悪いんだろう」

ヘラヘラと言う悪漢ども。すぐにしびれを切らすと、アイナちゃんの腕《うで》を摑《つか》もうとする。

「どうせ借金を払えないのだから、観念しろ。つうか、早めに娼館《しょうかん》で修行すればいい売春婦になるぜ。マダムバタフライの店で高級娼婦にだってなれる」

下卑《げび》た笑いを浮《う》かべる悪党ども。ついに僕の堪忍袋《かんにんぶくろ》の緒《お》が切れた。

僕はトネリコの木剣《ぼっけん》をやつらに突《つ》きつけると、こう言い放った。

「悪党ども、汚《きたな》い手でその子に触《ふ》れるな!!」

「なんだと!?」

すごい形相でこちらに振《ふ》り向く悪漢ども。その場で斬《き》り伏《ふ》せたいが、暴力によって物事を解決するのはこいつらと変わらない。

紳士《しんし》的に権利書を返せと言うが、そのような正論に従うものたちではなかった。ならばやつら流に決闘《けっとう》を挑む。この店の権利を賭《か》けて勝負しろ、と言い放つ。しかし、やつらは嘲笑《ちょうしょう》によって応える。店の権利はすでに我々のものだ、と答える。ならばと僕は懐《ふところ》から革袋《かわぶくろ》を取り出す。それをどんとテーブルの上に置く。

「……なんだそれは？」

いぶかしげに見つめる悪漢たち。

「僕の全財産だ。これも賭けに出してやる」

その言葉を聞いた悪漢たちは顔を見合わせ、次いで笑いを爆発《ばくはつ》させる。

「おい、聞いたかよ。このガキが勝負するってよ」

「しかもこんな小銭を賭けて」

「これじゃ店の玄関《げんかん》も買えないぜ」

嘲笑の言葉で埋《う》め尽《つ》くされるが、僕は本気だった。

「おまえたち、さては僕に負けるのが怖《こわ》いんだな」

「……なんだと、ガキ」

ギロリとすごむ悪漢。

「だってそうじゃないか。おまえたちにとっては小銭かもしれないが、それでもそこそこのお金だ。僕に勝てば無条件で総取りできるんだよ」

「…………」

「なのに勝負に乗らないってことはびびってるんじゃないかな」

僕の挑発《ちようはつ》に顔を赤らめる悪漢たち、茹《ゆ》でた海老《えび》みたいに顔が真っ赤だ。これはいける、そう思ったが、もう一押し必要なようだ。まだ逡巡《しゆんじゆん》している。しかし、ローニン父さんとルナマリアが助力してくれる。

ローニン父さんは声高に叫《さけ》ぶ。

「おいおい、こんなガキにびびっているのか。俺ならば絶対勝負を受けるぜ。ていうか、てめーら根性なしだな。いいぜ、俺も値打ちもんを賭ける」

そう言うとローニン父さんは腰《こし》の刀をテーブルに置く。

「これは蓬萊《ほうらい》の業物《わざもの》だ。肥後《ひご》同田貫《どうだぬき》、家一軒《いつけん》とは言わないが、馬車くらいならば買えるぜ」

同田貫を見た途端《とたん》、目を光らせる商人。悪党でも目利きらしい。さらに最後の押しとしてルナマリアが一歩前に出る。アイナを貰い受ける証文にペンで自分の名を書き込む。

「もしもウィル様が負ければ私も同時に売り払ってください」

悪党たちは商人を見る。商人の脂《あぶら》ぎった目はルナマリアの肢体《したい》に注がれる。彼女の価値を認めない商人などこの世にいない。悪漢の雇《やと》い主である商人は言う。

「いいでしょう。ただし、勝負は公正に行いたい」

悪漢の口から公正などという言葉が漏《も》れ出るとは思っていなかった僕たちはきょとんとしてしまうが、話を聞く。

「莫大《ばくだい》な借金が賭かった試合だ。不正を働かれたら堪《たま》ったもんじゃない」

「そんなことはしないけど、こっちも正々堂々とやってくれるならなにも言わない」

「ならば丁度いいものがある。それはこの街で開催《かいさい》される武術大会だ。今から同時にエントリーすれば予選大会が同じ組になる」

「順番で決まるんだね」

「そうだ。その予選に俺の部下も出る」

「つまりその予選を勝ち抜《ぬ》けば僕の勝ちでいいんだね」

「そういうことだ」

「ならばやる」

「ほう、ふたつ返事か」

口元を歪《ゆが》ませる商人。

「ああ、それならば悪巧《わるだく》みできないしね」

「よかろう。では今からおまえの名を使ってエントリーするぞ」

「エントリーまでやってくれてありがたい」

そう言うと悪党どもは意味深な笑みを漏らし立ち去っていく。

悪党どもが去るとアイナが泣きだし、駆《か》け寄ってくる。とても怖かったようだ。泣きじゃくる彼女を慰《なぐさ》めているとワイツさんがやってくる。

「やれやれ、なんという少年たちじゃ。とんでもない胆力《たんりょく》」

「男は度胸、女は愛嬌《あいきょう》、神の子は両方、って母さんに言われて育てられたんだ」

「しかし、あのような勝負受けてしまって大丈夫《だいじょうぶ》なのか？」

「願ったり叶《かな》ったりですよ。この場で戦うよりも武術大会のほうがずるはできない」

「たしかにそうじゃが……」

ワイツさんはあごひげを持て余しながら言うが、一抹《いちまつ》の不安があるようだ。しかし、僕は気にせず本題に入った。

「ところでワイツさん、武術大会に出るためにも無宿人になることができなくて。よければですが、泊《と》めて頂けませんか？」

「なんだ、そんなことか。もちろん、泊まっていきなさい。というか恩人を野宿させるような恥知《はじし》らずな真似はせんよ」

ワイツさんはにこりと微笑《ほほえ》み、孫娘のアイナに倉庫からシーツを持ってくるように命じた。


こうして宿を得たウィルたち、しかし裏でほくそ笑むものたちがいる。

それは先ほどの商人と悪漢たちだった。悪漢たちは商人の名を呼ぶ。

「しかしバスク様、あいつら馬鹿《ばか》ですね」

「くくく、だな」

「ですよね。俺たちの仲間に、前回アーカム武術大会で準優勝に輝《かがや》いた傭兵がいるって知らないなんて」

「ああ、よそ者らしいから。肝心《かんじん》な情報を持っていない」

「しかし、あいつらが賭けた刀、逸品《いっぴん》でしたね」

「女もな」

「そうだ。女は特にいい。奴隷《どれい》市場で高く売れるぞ」

「奴隷にする前に味見していいですか？」

「馬鹿を言うな、価値が下がる」

「ちぇ……」

主の吝嗇《けち》さを嘆《なげ》く悪漢であるが、肝心のバスクは味見する気満々だった。ルナマリアの美しさに魅了《みりよう》されていたからだ。

「……奴隷として売るよりも愛人としようか」

小さく漏らすが、それを実現するためにはまずあの小僧《こぞう》を完膚《かんぷ》なきまでに叩《たた》き潰《つぶ》さなければいけない。切り札の傭兵のところに行く。

傭兵はバスクの館の一角、来賓室《らいひん》にいた。そこは本来、貴族などが滞在《たいざい》するために作られた場所だが、今は面影《おもかげ》もない。前回の大会準優勝者傭兵ゴルドーのトレーニングルームになっていたのだ。

ただ、強さのみを追求する男ゴルドー。彼は身体《からだ》から蒸気を発生させながらトレーニングに励《はげ》んでいた。今回、武術大会で優勝するため、前回の雪辱《せつじょく》を晴《は》らすためであるが、それ以上にこの男は鍛錬魔《たんれんま》だった。武術大会で優勝しても己を鍛《きた》えることをやめないだろう。

ゴルドーを見たバスクはつぶやく。

「まったく武神のような男だな。こいつが俺の手駒《てごま》にいるのはとても有り難《がた》いことだ」

強さ以外に興味がないゆえ、トレーニングルームさえ与《あた》えておけばいくらでも力を貸してくれるのである。安上がりであるし、それに御《ぎょ》しやすい。先ほど話していたやつらよりもよっぽど使いやすかった。

「可哀想《かわいそう》なのはあの小僧だて。正義感を燃やしたはいいが、こんな結末になるとは。くく……」

商人は手に入れた店の処分方法、アイナと同田貫の売り込み先、それにルナマリアとの官能的で退廃《たいはい》的な日々を妄想《もうそう》すると、下卑た笑いを漏らし続けた。

先ほどの悪漢たちがそのような悪巧みをしているとは露《つゆ》知らず。

ウィルたちは明日の武術大会予選に向け、英気を養っていた。

ワイツが奮発して肉屋から七面鳥を買ってくるとそれに詰《つ》め物をする。アイナとルナマリアは楽しそうにハーブの歌を唄《うた》う。

「ココココショー！　ピピピリとトウガラシ！　ロロロロイヤルなローズマリー！」

なんでもアーカムの娘《むすめ》たちはこうしてターキーに詰めるハーブや香辛料《こうしんりょう》を覚えるらしい。たしか山では母さんもこのような歌を唄いながら料理を作っていた。ただし、とても音痴《おんち》で毎回、歌詞が変わる。それが母さんの料理の不味《まず》さの秘訣《ひけつ》なのかもしれない。

しかし、幸いなことにルナマリアは料理の名手であったし、アイナも将来性がとても有望な女の子だった。焼き上がった七面鳥はとても美味《おい》しい。

しかも一番脂が乗《の》っていて柔《やわ》らかい部位を僕に切り分けてくれた。

「明日の大会でウィルさんに頑張《がんば》って貰《もら》いたいし」

とアイナは言うが、ワイツさんはとんでもないことを言う。

「ほんとかの。ただ、ウィル君に惚《ほ》れているだけじゃ？」

顔を真っ赤にするアイナ。ルナマリアはワイツさんをたしなめる。

「ワイツさん、お孫さんにそういう冗談《じょうだん》を言うと嫌《きら》われますよ」

「そうじゃった。ウィル君の婚約《こんやく》者はルナマリア様だからの。うちの孫では太刀打《たちう》ちできないか」

今度はルナマリアの顔が赤くなる。

「わ、私はただの従者ですから」

その光景を見たワイツさんは嬉《うれ》しそうにテーブルの上のワインに口を付けた。久しぶりの団欒《だんらん》でお酒がとても美味しいらしい。

このようにして僕たちの夜は更《ふ》けていく。ちなみに翌朝は残った七面鳥の骨を使ったスープだ。こちらも栄養たっぷりでとても力が付いたような気がした。

†

翌日正午、僕たちはゆったりと武術大会の会場に向かう。

「あいつらがエントリーしてくれて助かった」

「ですね」

僕もルナマリアもニコニコだ。ただ、ローニン父さんだけは不機嫌《ふきげん》だった。

「ったく、予選大会が順番で決まるってどういうことだ。開催者はアホか」

「順次、予選を開いて開催期間の短縮を目指しているみたいだよ」

「おかげで俺だけ夕方にエントリーしないといけない」

「親子相克《そうこく》はよろしくないですからね」

にこりと補足するルナマリア。「まー、しゃーない」と諦《あきら》めるとローニン父さんは尋《たず》ねてくる。

「ずらしてやるからには予選くらい余裕《よゆう》で勝てよ、息子よ」

「分かっている。もしも負けるにしても本戦で父さんかヒフネさんに負けるよ」

「そこは全員ぶちのめす、と言ってほしかったが、まあ、俺に勝てるわけないか」

機嫌《きげん》を取り戻《もど》すと、父さんは最後の調整に付き合ってくれた。会場で軽く手合わせする。

そして運命のとき、アーカム武術大会予選。

「さて、どんな予選なのかな？」

と会場にやってきた司会者の言葉に聞き入る。魔術師《まじゅつし》ふうの男は説明を始める。

「この予選会は本戦出場者を決めるものです」

誰《だれ》かが問う。

「いきなりバトルで予選を行うのか？」

「いえ、まずは戦闘《せんとう》力を測定します。それの上位者がランダムに対戦をし、最後のひとりになったら合格です」

会場を見渡《みわた》すと三〇人前後いる。試合ができる場所のスペースを考えるに足きりラインは上位八人といったところか。

「じゃあ、遊んでいる余裕はないな。本気で高得点を出さないと」

戦闘力を測る機械を見る。魔法《まほう》式のやつでここに物理攻撃《こうげき》を加えるか、魔法攻撃を加えると数値が表示されるらしい。

「物理でも魔法でもいいのか」

得意な方を選択《せんたく》できるらしいが、僕はハイブリッドタイプの戦士。物理も魔法も得意だった。

「逆に難しいな」

と思いつつも両者を選択する。

どちらでもＯＫならば全部いっぺん。神々の教えは単純明瞭《めいりよう》をむねとするのだ。というわけでトリネコの木剣《ぼっけん》に魔力《まりょく》を込め、剣閃《けんせん》を放つ体勢になると、そのまま剣閃を放つ。

「空刃斬《くうじんざん》!!」

空気の剃刀《かみそり》が測定器械にぶつかる。

どかん、という音が会場内に木霊《こだま》する。その轟音《ごうおん》に会場の全員が振《ふ》り返る。

「おいおい、こんな化け物がいるのかよ」

「なんだ、今の音、爆薬《ばくやく》か？」

「測定器械がへこんでいる……だと……あれはミスリルで作られているんだぞ……」

様々な声が響《ひび》き渡《わた》り、誰しも測定器械の表示カウンターに注目する。あれほどの攻撃がどれほどの威力《いりょく》を示すか、気になるようだ。

合否が決まるので僕も気になる。ひょいと覗《のぞ》き込むが、そこに書かれていた数字は意外なものだった。

七七

「あれ？　たったそれだけ？」

拍子抜《ひょうしぬ》けしてしまう。実は僕の前に挑《いど》んだ戦士が一〇八の数字を叩き出していたのだ。

しかもただの物理攻撃で。彼の攻撃はどう贔屓目《ひいきめ》に見てもしょぼかったのに。

「……まあ、こんなものか。僕もまだまだ精進が足りないな」

そう言うと僕は審査《しんさ》員の顔を見る。合格できるか尋ねたのだ。

彼はおそらく、ぎりぎりできると教えてくれたので、そのまま控《ひか》え室に戻った。


見事第一次予選を合格したわけだが、会場の注目はウィルには集まらなかった。

前回大会の準優勝者ゴルドーが現れると、会場の注目を一瞬《いっしゅん》で持っていく。

大きな斧《おの》を振り上げると、それを測定器械に叩き付ける。

ゴルドーが出した数字は、
二四四
だった。

会場がどよめく。

「この測定器械のマックスが二五五だから限界値ぎりぎりかよ」

「前回の優勝者は一八〇だったらしいから、パワーだけならば優勝者を上回っているのか
……」

驚愕《きょうがく》する参加者たち。中にはゴルドーのあまりのパワーに予選を辞退するものも現れる。

ゴルドーの鋼のような筋肉は並の戦士を畏怖《いふ》させるに十分だった。

ざわめく会場内だが、運営者たちの一部は別の意味でざわめくことになる。

次の挑戦者《ちようせん》が現れ、攻撃をする。出た数字は二五五だった。これは明らかに機械の異常である、と大会関係者が機械を調べると驚愕する。記録《ログ》を解析《かいせき》した彼らはとんでもないものを見つけてしまったのだ。

「……ふたつ前の挑戦者の数字も狂《くる》ってる。彼の攻撃によって機械が壊《こわ》れてしまったんだ」

「い、いや、まさか、それはないだろう。彼の攻撃のときにはもう壊れていたんだろう？」

「そんなはずない。ログの異常な波形は彼と最後の参加者だけだ」

ということは？　関係者は顔を青ざめさせながら異常な数値を叩き出した挑戦者の名前を口ずさむ。

「……登録名ウィル」

その名の少年がログに残した記録は、

九九九

つまり測定不能だった。

ただ大会関係者はその数字を黙殺《もくさつ》する。上層部に報告することはできなかったし、やはりなにかのミスだと思ったのだ。ただ、それでもウィル少年を第一次予選合格とし、第二次予選、実戦への参加を許可した。


参加者たちの大量離脱《りだつ》もあり、第二次予選の参加者は意外と少なかった。ふたり倒《たお》すだけでゴルドーと当たれそうだった。

「まあ、どんなに参加者が多くても本戦に行けるのはひとりだけ。ルナマリアと同田貫も賭《か》かっているし、負けられないな」

改めて気合いを入れるが、すぐに直接対決のときがやってくる。

ウィルが速攻《そっこう》でふたりの参加者を倒すと、ゴルドーはそれ以上の速度で自分の対戦相手を倒す。ひとりの戦士は壁《かべ》にめり込むほどの攻撃を受けたようだ。会場が騒然《そうぜん》としている。

「……まったく、残酷《ざんこく》な男だな。さすがはあの商人の手下だ」

生まれついてのサディストではないだろうが、過酷《かこく》な修行によって他人の痛みに鈍感《どんかん》になっていると見える。実力がどんなに離《はな》れていても慈悲《じひ》の心が湧《わ》かない困った性格をしているようだ。

「ちょっとお仕置きが必要なようだな」

というのはローニン父さんの言葉であるが、たしかにその通りかもしれない。

しかしあの筋骨隆々《りゅうりゅう》とした身体《からだ》は厄介《やっかい》だ。

攻撃力は明らかに向こうが上だろう。力勝負になったら負けるかもしれない。――というわけで僕は策を考えながらゴルドーとの試合に挑むつもりだった。

†

傭兵《ようへい》ゴルドーの得物《えもの》は斧である。

人の身体よりも大きな斧を愛用していた。凡夫《ぼんぷ》ならば三人集まっても持ち上げられないような巨斧を軽々と持ち上げる様は神話に出てくる戦士のようである。とは彼の雇《やと》い主であるバスクの言葉だった。

バスクは改めてゴルドーの凄《すさ》まじさに酔《よ》いしれていると、彼に負けず劣《おと》らずの悪党が声を掛《か》けてくる。あくどいことで有名な商人ふたりだ。

「やあやあ、バスク殿《どの》、相変わらず素晴らしい手駒《てごま》をお持ちで」

「これはこれは」

「あのような傭兵、どうやったら雇えるのですかな」

「日頃《ひごろ》の行いですな」

はっはっは、と笑い声が巻き起こる。

「そういえば聞きましたぞ。下町のワイツ商店を手に入れたらしいですな」

「もうじき、ですがね。少し手間取っておりますが、代わりに利子がついた」

「利子？」

「業物《わざもの》の刀に絶世の美女ですよ。――それに」

「それに？」

「美しき少年の血もです。まあ、こちらは特に欲しくないのですが。しかし祭りには血が付き物でしょう」

そう漏《も》らすと、舞台《ぶたい》にオペラグラスを向けた。バスクに残虐《ざんぎやく》な趣味《しゆみ》はないが、それでも見目麗《みめうるわ》しい少年が肉塊《にくかい》になる瞬間《しゆんかん》を目に収めておきたかったのだ。


自分の主がそのように観戦しているとも知らずにゴルドーは斧を構える。

目の前の少年をこれで殺すかと思うと、少しだけ罪悪感に苛《さいな》まれる。

ただ、手加減はできない。

木剣を使う華奢《きやしや》で非力な少年に見えるが、なかなかの実力を秘めているはずだ。もしも手加減をすれば負ける可能性さえ感じていたので、ゴルドーは本気で叩《たた》き潰《つぶ》すつもりでいた。

「前回の雪辱《せつじょく》、果たさねばならぬ！　拳王《けんおう》ジャバ、首を洗って待っておれ!!」

前回の雪辱とは決勝でゴルドーを打ち破った拳王への復讐《ふくしゅう》である。今度こそ彼を倒し、この国で一番の戦士であることを証明したかった。

そのためにはこんなところで躓《つまず》いているわけにはいかない。少年には悪いが即座《そくざ》に肉塊に変わって貰《もら》うつもりだった。

ゴルドーは試合開始の合図を今か今かと待つ。審判《しんぱん》が開始の合図をすれば〇・一秒で決着をつけるつもりだった。ゴルドーには斧をその速さで振り下ろす筋力があるのだ。鍛錬《たんれん》の結果を十全に出せばどのような戦士にも負ける道理はなかった。

それはゴルドーはもちろん、彼の雇い主のバスク、会場の人々の共通認識でもあったが、その認識の外にある人物がふたりいた。ひとりは対戦相手のウィル少年であり、もうひとりはその親であった。

ゴルドーのあまりのオーラの前に恐《おそ》れを抱《いだ》いてしまった道具屋の娘《むすめ》アイナは、横にいたローニンに言う。

「ロ、ローニンさん、や、やっぱり、ウィルさんを棄権《きけん》させるべきじゃ」

「棄権？　どうしてだ」

「あのゴルドーさんって人はとても強いです。筋骨隆々です」

「そうじゃ、ひょいと掴《つか》まれて背骨が折られそうじゃ。店の権利が賭かっているとはいえ、あたら若い命を散らせたくない」

ワイツさんも孫娘に続く。

さすウィルの名手、ルナマリアですら少し心配そうだ。

ローニンはそんなルナマリアをいたわるかのように言う。

「ウィルの命を狙《ねら》うものならば何人も出会ってきているだろう」

「しかしあの傭兵は別格じゃ。身体のつくりが違《ちが》いすぎる」

「たしかにあの筋肉は凄《すご》いな。ウィルの筋力を一〇としたら、やつは五〇はある」

「ご、五倍。やはりここは名誉《めいよ》ある撤退《てったい》を」

ワイツさんは顔を真っ青にさせる。

「撤退に名誉なんてねーよ。ましてや勝てる試合から逃《に》げるのはへっぽこのすることだ」

「勝てるの⁉」

アイナは叫《さけ》ぶ。

「勝てますよ」

ルナマリアは断言する。

「ウィル様は最強の神々に育てられしもの。下界にやってきてからも数々の困難に打ち勝ってきました。このようなところで負けるようなお方ではありません」

「で、でも、あいつ強いよ」

「ですね。ですが、負けるはずがありません」

ルナマリアは改めて言うが、己の手の平が濡《ぬ》れていることに気が付く。

（……心配性なのは分かってはいるけど）

ウィルは史上最強の少年。あの程度の輩《やから》に負けるとは思えないが、それでも勝負の世界ではなにがあるか分からない。連戦連勝の戦士が、最後、名もなき村人に討ち取られることなど、枚挙にいとまがないのだ。

「…………」

「出会ったばかりの嬢《じょう》ちゃんにはウィルのすごさがまだ分からないかな。それにルナマリアの嬢ちゃんもまだまだウィルに対しての信頼《しんらい》度が足りないな。うちの息子はあんなやつに後れを取ることはねーよ」

やれやれ、というポーズをすると、ローニンは断言した。

「たしかにあいつのパワーはウィルの五倍だが、勝負はパワーだけでやるもんじゃないぜ」

「どういうこと？」

「やつは〇・一秒でウィルの首をすっ飛ばせるが、ウィルは〇・〇一秒でやつを気絶させるってことさ」

「……え？」

アイナがそう言うと、会場が歓声《かんせい》に包まれる。

試合開始の合図が鳴ったのだ。

その瞬間、ゴルドーの斧《おの》は刹那《せつな》の速度で振《ふ》り下ろされ、ウィルの首を刎《は》ねる。

「ウィル様！」

ルナマリアは絶叫《ぜっきょう》するが、ローニンは冷静だった。愛する息子が殺されたというのにまったく動揺《どうよう》していない。ルナマリアは抗議《こうぎ》したかったが、それよりも気が遠くなる感覚を味わう。この世界に調和をもたらすものが、神々に育てられしものが死んだのだ。それは世界の消失を意味するような気がした。ルナマリアの胸中を絶望が支配するが、絶望から解放してくれたのはウィル自身だった。

ゴルドーの斧によって首を刎ねられたかと思ったウィル。しかし首を刎ねられたのは別のものだった。

「ざ、残像!?」

ルナマリアの驚愕《きょうがく》に、「正解だ」とつぶやくローニン。こうも付け加える。

「目を離すなよ。ウィルは一瞬《いっしゅん》で決めるぞ」

ローニンがそう言うとウィルはそれを実行する。

残像によってゴルドーの一撃《いちげき》をかわしたウィルは、ゴルドーの上空に現れる。普通《ふつう》、空中では無防備になるものだが、ウィルは普通ではなかった。

「う、ウィルさんが複数いる!?」

「う、うん」

事実、ウィルは複数人いた。五人のウィルが上空に出現していたのだ。観客たちはどよめきに包まれるが、それらは実体ではない。最高の速度で移動したウィルの残像でしかないのだ。

ゴルドーもどれを攻撃《こうげき》していいか、分からなかったようだ。しかし、彼は一流の戦士、一挙に五人を攻撃する術《すべ》を思いつく。

巨斧を薙《な》ぎ払《はら》い、一気に五人分のウィルを消しに掛かるゴルドー。

それは最高の判断であったが、「最強」の判断とはなり得なかった。

ウィルはゴルドーが薙ぎ払いを使う瞬間を待っていたのである。ウィルはその刹那の瞬間を狙いゴルドーの懐《ふところ》に入り込んだ。

ウィルはそこでぼそりとつぶやく。

「……それは残像だよ」

そうつぶやいた瞬間、ウィルのトネリコの木剣《ぼっけん》が一閃《いっせん》する。

強烈《きょうれつ》な一撃、『絶《ぜつ》』の魔力《まりょく》を込めた一撃が頭部を襲《おそ》う。その圧倒《あっとう》的な速度、威力《いりょく》の一撃を頭部にもらい意識を保てる人間はいない。数メートルほど吹《ふ》き飛んだゴルドーの意識は完全に絶たれていた。

それを確認した審判はきょとんとしながら僕のほうを見る。僕のように小柄《こがら》な人間がゴルドーのような偉丈夫《いじょうふ》を圧倒したのがいまだに信じられないようだ。ただ、やがて事実を認識すると僕の手を掴み、高らかに上げた。

すると場内は歓声《かんせい》に包まれる。

「す、すげえ、なんてガキなんだ」

「前回準優勝者を一撃で。化け物か」

「新たなチャンピオンの誕生だ」

歓声はいつまでも続く。こうして僕はただの泡沫《ほうまつ》参加者から、一気に優勝候補に昇格《しょうかく》した。

ウィル少年の試合を遠くから見つめるのは女剣士《けんし》ヒフネ。

彼女はウィルの一挙手一投足を見逃《みのが》していなかった。

「さすが剣神《けんしん》の息子。予選は余裕《よゆう》」

そうつぶやくと質素な服に身を包んだ武闘家《ぶとう》が現れる。軽く警戒《けいかい》するが、殺気がなかったので気にせずにいると、彼は声を掛けてきた。

「あの少年、面白い」

武闘家は言う。

「それは知っている。でもあの子は私の獲物《えもの》」

ヒフネは腰《こし》の刀を抜《ぬ》くとそれを武闘家に突《つ》きつける。

「もしも横取りしたらなます斬《き》りにする」

「おお、それは怖《こわ》いものだな。しかし、武術大会は時の運。組み合わせ次第だ」

「たしかにそう。でも、私とあの子は絶対に当たる。お互《たが》いに勝ち続けるから」

「大きく出たものだ。途中《とちゅう》、私と対戦しても同じ台詞《せりふ》が言えるかな？」

「偉《えら》そう、あなた。名前は？」

「私の名はジャバ。拳王ジャバ」

「へー、聞いたことがない」

「前回優勝者の名も知らないとはな。くっくっく」

拳王はそう言うと懐から林檎《りんご》を取り出す。

それを空中に放り投げると、刹那の速度で拳《こぶし》を出す。

重力に引き寄せられ、地面に落ちた林檎。それは投げられたときとは別の形になっていた。粉々に粉砕《ふんさい》されていたのだ。相当な速度で複数の拳をめり込ませなければこうはならない。

「それではお嬢さん、サヨナラだ。もしも本戦で会うことがあったらよろしく」

拳王は不敵に笑うとその場を立ち去る。

それと入れ替《か》わるように黒衣の男が現れる。

「なかなか面白い男だな」

「道化」

ヒフネがそう返す。それは黒衣の男に言ったのか、拳王に言ったのかは定かではないが、黒衣の男は気にした様子もなく言う。

「林檎に加えた拳の数は二三くらいかな」

本当は三六なのだが、男の推察に協力してやる気はないのでなにも答えない。彼も本題ではないのでそれ以上、触《ふ》れることはなかった。

「ところでなんの用？　約束通り近いうちにウィルは殺すけど」

「それは心配していない。ウィルと対戦すればおまえが勝つだろう」

「ならばこんなところまでこないでほしいのだけど」

ヒフネは嫌悪《けんお》感を隠《かく》さない。黒衣の男は気にもとめずに言う。

「まあ、そう言うな。我々は是《ぜ》が非《ひ》でもあの少年を殺しておきたいのだ」

「そこまでこだわる理由はあるの？」

「あのものは我らゾディアック教団の宿敵。この世界を救う光になるかもしれない存在。あいつに煮《に》え湯を飲まされること、二度。やつには我らが二四将もひとり殺されている。一刻も早く始末しておきたい」

「ならば安心なさい。志《こころざし》は死んでも相容《あいい》れないけど、目的は一緒《いっしょ》」

「おまえの実力は疑っていない――しかし」

「しかし？」

「しかし今回の武術大会、思わぬ伏兵《ふくへい》が参加する」

「剣神のことね」

ウィルと先ほどの勝利を祝っているむさ苦しい男に視線をやる。

「そうだ。まさか神々が参戦してくるとは思わなかった。我々の計画が水泡《すいほう》に帰《き》すかもしれない」

「ウィルを殺す算段が狂《くる》うの？」

「そうだ。おまえも神々を圧倒することはできまい」

「そうね。たしかに分《ぶ》が悪い」

「ならば――」

「でも撤退《てったい》はしない。あの男とあの男の息子を見て、私の血は高ぶっている。ここで逃げだすことはできない。復讐《ふくしゅう》の感情が薄《うす》まってしまうし、それに臆《おく》して逃げ出してしまえば、師父に申し訳が立たない」

「ならば計画は続行するのだな」

「そう。悪い話ではないでしょう。おまえらはウィルという少年を抹殺《まっさつ》したい。私は剣神ローニンに復讐をしたい。利害の一致《いっち》」

「その通りだ。我々はただおまえに情報を与《あた》えた。それだけで少年を取り除けるのなら重畳《ちょうじょう》と言うほかない」

「ならば安心して見ていなさい。必ずあの子を殺すから」

「勇ましい言葉だ。頼《たよ》りがいがある」

　黒衣の男は不敵に笑うと、その場を去った。

ヒフネはその後ろ姿を胡散臭《うさんくさ》げに見つめるが、それを指摘《してき》することはなかった。もとよりあの黒衣の男とは情報を交換《こうかん》するだけの仲、ウィルという少年の動向を探って貰《もら》っていただけに過ぎない。彼がなにを企《たくら》んでいようと興味はなかった。

黒衣の男はヒフネに背を向けると、陰気《いんき》な笑い声を上げる。

「しかしまあ簡単な娘《むすめ》だ、すぐ手の平の上で踊《おど》ってくれる」

意味深につぶやくが、すぐに会場を見る。

「しかしやはり剣神の参戦は不確定要素だな。力が制限されるとはいえ、神は神。なにか対策を練っておかねば」

黒衣の男はそう言うと先ほど見かけた武闘家に目を付ける。

「実力はヒフネに数段劣《おと》るが、依《よ》り代《しろ》としては問題ないだろう」

そう言うと言葉巧《たく》みに彼に近づき、布石を打つことにした。

さらに部下には大会関係者との〝打ち合わせ〟を念入りにするように命じる。

黒衣の男には特筆すべき武力はなかったが、その代わり誰《だれ》にも負けない知恵《ちえ》があった。悪党と呼ばれても気に掛《か》けることもない強い心も。そのふたつは教団で出世を重ねるには不可欠な力だった。

†

裏で色々な策謀《さくぼう》が動いているとは知らない僕たちは、本戦出場が決まると、ワイツさんの店に戻《もど》って軽い祝勝会をする。

「わーい！　借金がチャラになりました！」

喜ぶアイナ。

ワイツさんも感無量のようだ。

「まさかウィルがこんなにも強いなんて。実は昨晩、心配で寝付《ねつ》けなかったんじゃが」

「ふふふ、ウィル様は見た目は華奢《きゃしゃ》ですからね。でも、最強なんですよ」

「さっきまで嬢《じょう》ちゃんも心配していたくせに」

ローニン父さんは茶化すが、ルナマリアは抗弁《こうべん》する。

「心配ではないです。ただ万が一がないかと思っていただけです。結果、万が一などありませんでしたが」

「まあ、ぶっちゃけ、地方の武術大会レベルでウィルが後れを取ることなんてありえねーよ」

「ですね。このまま優勝です。あ、そういえばローニン様の結果は？」

「そういえば扱《あつか》いか。つーか、俺が落ちるわけねーだろ」

と自慢《じまん》げに賞状を出す。

「さすがは剣の神様です」

「父さん、おめでとう」

と祝福するが、父さんは特に嬉《うれ》しそうではなかった。

おそらく、組み合わせが影響《えいきょう》しているのだと思われたので、思い切って尋《たず》ねる。

「ヒフネさんと同じ組になってしまったね、父さん」

「なんだ、対戦表見たのか」

「うん、ヒフネさんと父さんのしか覚えてないけど」

「そうか。なにをそんなに心配する。少なくとも準優勝は確定したんだぞ」

「決勝でどっちと当たるか、今からヒヤヒヤしている」

「どうせ俺だ」

「……ほんと？　父さんはわざとヒフネさんに負けるためにここにきたんじゃ？　彼女に首を差し出すつもりなんじゃ」

「なんだそりゃ」

「いや、なんかそんな気がして」

「俺の顔にお人好しって書いてあるか？」

「ない」

「じゃあ、そんな馬鹿《ばか》なことしねーよ」

ローニン父さんはそう断言すると、懐《ふところ》から日本酒を取り出す。

「ええい、辛気《しんき》くさい話はやめだやめだ。ウィルの戦勝と借金の帳消しを祝うぞ。朝まで酒だ酒」

それを聞いたワイツさんは秘蔵の酒を持ってくる。借金が消えて嬉しいようだ。それに彼らは僕たちの事情をよく知らない。ならばここは彼らの厚意に甘えたほうがいいだろう。彼らを心配させないため、僕は祝勝会を心の底から楽しんだ振《ふ》りをした。


翌日、ルナマリアに揺《ゆ》り起こされ、目覚める。父さんにしこたま飲まされた僕は珍《めずら》しく自分の力で起きることができなかったのだ。一方、ローニン父さんは先に会場入りしていた。父さんの試合は午前中にあるのだ。

僕たちはゆっくり身支度をして会場に行く。慌《あわ》てなかったのは父さんが負けるはずがなかったからだ。案の定、一回戦は一秒で終わったという。対戦相手は服『だけ』を切り裂《さ》かれて、降参したらしい。

父さんらしい勝ち方だな、と思いつつ、僕も一回戦を戦う。一回戦の相手は鎖鎌《くさりがま》使いだ。鎖鎌使いとは嚙《か》ませ犬だな、とはローニン父さんの言《げん》だが、事実彼は嚙ませだった。ぶんぶんと鎖鎌を振り回す姿は隙《すき》だらけだった。

「……これだとゴルドーさんのほうがよほど強いな」

さすがは前回準優勝者と改めて彼の再評価をするが、その評価が彼に届くことはない。なんでも彼はショックで田舎《いなか》に帰って神職を目指すのだという。それを聞いて申し訳なく思うが、あるいはそちらのほうが幸せなのかも、とも思う。

さて、そのような考察をするくらいの余裕《よゆう》があるので、一撃《いちげき》で鎖鎌使いを倒《たお》す。これで僕と父さんは一回戦突破《とっぱ》。トーナメント方式なので四回勝ち抜《ぬ》けば優勝である。

僕と父さんは二回戦目も圧勝する。そうなると俄然《がぜん》、優勝候補扱いされるが、もうふたり目立つ人物がいる。ひとりは当然、ヒフネだ。彼女も敵との格の違《ちが》いを見せつけるような圧勝を繰《く》り返していた。このまま順当に行けば準決勝で父さんと対峙《たいじ》することになるだろう
一方、僕の準決勝の相手は拳王《けんおう》ジャバになりそうだ。彼も順当に勝ち上がっている。むしろ僕たちよりもド派手に勝ち、称賛《しょうさん》を受けまくっていた。

「今回も優勝だ！」

勝つたびにそう宣言をして会場を沸《わ》かせる。そのパフォーマンスは見習いたいところだが、彼の動向を注視してばかりもいられなかった。やはり気になるのはヒフネとローニン父さん、このふたりがなにを考えているか、だ。

いや、ヒフネの考えはある意味分かりやすい。僕を父さんの目の前で殺すことにより、復讐心を満足させようとしている。本人を目の前にしたとき、どうするかは不明だが、少なくとも父さんとの戦いは心躍《おど》るものがあるはず。

問題なのは父さんのほうだ。父さんの考えはいまだに掴《つか》めない。ヒフネを返り討ちにするのか、それとも――――。深く考察していると審判《しんぱん》に呼ばれていることに気が付く。

どうやら拳王との準決勝の時間が迫《せま》っているようだ。

気持ちを入れ替《か》えないといけないかもしれない。そう思った僕は拳王を瞬殺《しゅんさつ》することにした。

「ごめん、最初、修行になるからあなたの技を見てから倒そうと思ったけど、父さんたちの試合が気になるから一撃で終わらせてもらうね」

その言葉を聞いた拳王のこめかみがひくつく。

「……こ、この拳王を一撃で倒すだと⁉」

その言葉が拳王の最後の言葉となる。

試合開始が宣言された瞬間《しゅんかん》、僕は目にも留まらぬ速さで彼の懐に入り込むと、木剣《ぼっけん》で彼を斬《き》った。

がくり、と倒れる拳王。

常人にはなにが起こったのか分からぬ速さだったが、観衆も審判も拳王が負けたことだけは分かったようだ。歓声《かんせい》が上がった瞬間、僕の勝利も宣言される。

「す、すごいです。ウィルさんは無敵ですか？」

「ウィル様の墓碑銘《ぼひめい》にはそう記されることでしょう。それに長命だった、とも」

得意げに胸を張るが、実はそんなに圧勝でもない。

一瞬《いっしゅん》で片が付いたから拳王ジャバは弱いように見えるが、かなりの強敵だ。少なくとも先日戦ったゴルドーと同じくらいは強い。むしろ、手加減をする余裕がなかったからこそ勝負を一瞬で決めざるを得なかったという面もあるかもしれない。

余人には分からないものだが、今はジャバ王について考察しているときではない。観衆の熱狂《ねっきょう》に応えている暇《ひま》もなかった。観衆は勝利のコメントを聞きたかったようだが、無視をし、ルナマリアの横に行く。そこにはワイツさんとアイナもいた。

「ここです。ここ」

アイナは取っておいてくれた席を僕に勧《すす》めると勝利を祝福してくれた。「ありがとう」と返すと僕はルナマリアに尋ねる。

「二人の試合はどうなったの？　同時刻開催《かいさい》って聞いたけど」

「見たままです。先ほどからあのような感じです」

見ればふたりは微動《びどう》だにしないまま舞台《ぶたい》中央で静観を決め込んでいる。互《たが》いの出方をうかがっているようだ。ルナマリアが尋ねてくる。

「達人同士の戦いは一瞬で決着がつくと聞きます。ふたりは慎重《しんちょう》に相手の出方を探っているのでしょうか」

「おそらくは」

「ならば一瞬も目が離《はな》せませんね――」

そう言った瞬間、僕は言葉を発する。

「――ルナマリア、ふたりが動くよ！」

「え!?」

その刹那《せつな》、ふたりは同時に行動を開始する。流水のようにゆらりと動き出すと、そのまま身体《からだ》を加速させる。気が付いた瞬間、ふたりはつばぜり合いをしていた。

「な、なんて速度!?」

「神速の域に達している。ふたりの速度は人間のそれじゃない」

それを証明するかのようにふたりは舞台の至る所に現れる。舞台中央でつばぜり合いをしたかと思うと、端《はし》で格闘《かくとう》戦を繰り広げ、空中では互いに軽業《かるわざ》師のように回転をする。その様は幻想《げんそう》的で観客たちはただただ唖然《あぜん》とする。

「これが神の戦い。それにしてもこの速度に付いてくるあの娘《こ》はなんなのでしょうか」

事情を知らないルナマリア。僕は彼女に話すべきか迷ったが、熟考の末、話すことにする。

「……そのような事情が」

「ルナマリアは父さんがトウシロウさんを殺したと思う？」

「それは分かりませんが、結論はウィル様と同じです」

「というと？」

「どのような過去があれ、ローニン様を信じているということです」

彼女の真摯《しんし》な答えに僕も共感する。やはり彼女に話して正解だった。改めてルナマリアの聡明《そうめい》さに感銘《かんめい》を受けると試合に注視する。

ローニン父さんとヒフネの試合は佳境《かきょう》に入っていた。

神速で動くふたりだが、やはり人間、体力の限界がある。神域を離れたローニン父さんは無尽蔵《むじんぞう》の体力を持っていないようだ。速度が落ちていく。

次第にヒフネの手数が多くなっていく。

「…………」

ルナマリアは表情を曇《くも》らせる。彼女にもローニン父さんが劣勢《れっせい》に見えるようだ。その見立ては正しかった。

（ヒフネさんの動き、想像以上だ）

兄弟子の弟子ということは兄弟子よりは劣《おと》るはず、と思っていたが、それは大いなる誤解なのかもしれない。トウシロウさんの実力は知らないが、少なくともヒフネさんの実力は僕を凌駕《りょうが》している。

（……純粋《じゅんすい》に剣術《けんじゅつ》だけだったら僕よりも上だ）

魔法《まほう》を駆使《くし》しなければ勝つことはできないだろう。

ということは下界に降りてきたばかりのローニン父さんには辛《つら》いはずだった。ローニン父さんは神々の山の住人、普段《ふだん》は遠慮《えんりょ》することなく力を解き放てる。一方、下界ではその力の多くは制限される。父さんは神威《しんい》が使えないだけと言っていたが、筋力などもかなり落ちているように見える。

負ける——とは思えないが、容易に勝つことはできないだろう。

ましてや剣《けん》の神ローニンは優しい神、もしかしたら父さんはこの試合の最中《さなか》にわざと負けてしまうという疑惑《ぎわく》もあった。ゆえに僕は父さんの表情や動きを常にチェックしていた。

トネリコの木剣を握《にぎ》り締《し》める。

（……もしも父さんが死ぬ気ならば割って入って助けないと）

それは反則であるし、父さんが最も怒《おこ》ることであったが、僕としてはこのような場所で父さんの命を散らせるつもりはなかった。

緊張《きんちょう》の面持《おもも》ちで見守るが、そんな僕に声を掛《か》けるものがいる。

……ウィル、ウィルよ。

脳内に語りかけるような音声。すぐにそれが誰《だれ》かの念話《ねんわ》だと気が付く。

（この声はレウス父さん？）

そうだ、と返答があると、大空から一羽の大鷲《おおわし》が舞《ま》い降りる。僕の隣《となり》に止まると、周囲のものはぎょっとするが、それも一瞬だった。目の前の白熱した試合に目が釘付《くぎづ》けとなる。

大鷲は気にした様子もなく口を開く。

「久しぶりだな、我が息子よ」

「久しぶり、レウス父さん」

「抱《だ》きしめてやりたいが、そんな場合ではないな」

「その通りだよ。いつ、助太刀《すけだち》しようか迷っている」

「ほう、ということはローニンは死に場所を求めてここにやってきたと思っているのか」

「違うの？」

「違わない。やつは常に死に場所を求めている。しかし、ここで死ぬ定めではない」

「なにを悠長《ゆうちょう》な、追い詰《つ》められているよ？」

「おまえは何年、あの男に剣を習ったんだ。やつのあの顔が追い詰められている顔に見えるか？

「……見えないね」

父さんの瞳《ひとみ》はぎらぎらとしていた。

「あれは気合いを溜《た》め込んで必殺の一撃《いちげき》を叩《たた》き込むつもりだ」

「その通り」

レウス父さんは肯定《こうてい》する。

「隙《すき》をうかがって抜刀《ばっとう》術を決め込む気だな、父さんは」

僕の予想は見事に当たる。無数の手数を誇《ほこ》るヒフネだったが、やがてその手数も減る。

彼女も無限の体力を持っているわけではなかった。

僕たちの会話を聞いていたルナマリアが尋《たず》ねてくる。

「ローニン様はあえてヒフネさんに打たせていたのでしょうか？」

「そうみたいだね。ぎりぎりの間合いで避《さ》けて体力を温存しつつ、相手の体力を奪《うば》っていたんだ」

「……まあ、そんな。まるで自分の命を弄《もてあそ》んでいるかのようです」

「実際、あの男にとって自分の命などそんなものだ。賭《か》け金の一材料に過ぎない」

レウス父さんは首肯《しゅこう》する。

死中に活《かつ》を求めるのがローニン流剣術の極意である、と伝えようとしたが、それはできなかった。父さんが勝負を決めに掛かったからだ。

手数が減ったその瞬間、ローニン父さんはヒフネを睨《にら》み付ける。するとヒフネはびくりと下がる。目のフェイントを使ったのだ。殺気の籠《こ》もった視線はときに普通《ふつう》の斬撃以上に価値を有する、これもローニン流剣術の極意だった。

父さんの剣術を知り尽《つ》くしている僕は父さんの考えが手に取るように分かる。今が抜刀術を放つ最大のチャンスであったが、レウス父さんはそれを否定する。

「いかん！　今打っては！」

「…………」

なにが駄目《だめ》なのだろうか。タイミング的にはこれ以上なかったが。レウス父さんは剣術の心得がないのだろうか、そう思ったが、その声はローニン父さんに届かなかった。

ローニン父さんが抜刀術の構えを取ると、ヒフネも同じように刀を鞘《さや》に収める。彼女も抜刀術で迎《むか》え撃《う》つつもりのようだ。

「地這虎《ちをはうとらの》 咆哮《ほうこう》!!」

「瞬絶殺《しゆんぜつさつ》!!」

互いの流派の必殺技を叫《さけ》び合うふたり。ほぼ同時に放たれたが、やはりローニン父さんのほうが一枚上手に見えた。――しかし、レウス父さんの不吉《ふきつ》な予感は当たる。

ほぼ同時に放たれた抜刀術であったが、先に剣閃が届いたのはヒフネのほうであった。

見れば父さんの右肩《みぎかた》にはヒフネの剣閃が命中していた。

ルナマリアは声高に叫ぶ。

「どうして⁉　ローニン様のほうがわずかに早かったのに……」

その疑問に答えたのは僕だった。父さんの剣技《けんぎ》が遅《おく》れた理由を説明する。

「……父さんの右足に呪念《じゅねん》が見える」

「呪念⁉」

ルナマリアは戸惑《とまど》う。たしかに盲《めし》いている彼女に呪《のろ》いは見えにくいだろう。しかしよく目をこらせば父さんの右足には邪悪《じゃあく》なオーラがまとっていた。

見れば会場の奥に怪《あや》しげな男がいた。真っ黒なローブを身にまとい、ぶつぶつとなにかをつぶやいている。その唇《くちびる》から呪詛《じゅそ》を漏《も》らしている。

「どうやらあいつが父さんに《鈍足《スロウ》》の呪いを掛けたようだ」

「そんなことができるのですか？　試合中ですよ」

「試合中だからだよ」

「なるほど、逆に試合中だからできたのですね。さすがのローニン様もヒフネさんと対峙《たいじ》しているときは会場の動きまで察知できない」

「それもあるだろうけど……」

僕は全面的にはルナマリアの考察に同意しなかった。〝あの〟父さんが易々と罠《わな》に掛かるとは思えなかったからだ。

その考えにはレウス父さんも同意らしく、くちばしで大会関係者を指す。

「どうやらあいつが手引きしたようだな」

そこには黒衣の一団と会話をしている大会関係者がいた。

「舞台《ぶたい》の下に魔力《まりょく》が通りやすいように竜脈《りゅうみゃく》もどきを通していたみたいだぞ」

「……そんな姑息《こそく》な手段を」

「しかもあいつらはゾディアック教団だな」

「そのようだな」

唇を噛《か》みしめる。まったくどこまで卑怯《ひきょう》な連中なのだろうか。先日の国王襲撃《しゅうげき》のときも思ったが、もはや彼らの卑怯さと卑劣《ひれつ》さを許せなくなっていた。

（……世界を旅するには彼らを倒《たお》さないと駄目なのかもしれない）

改めて決意したが、それよりも今、注視しなければいけないのは舞台だった。一撃を食らったローニン父さんはその場に座り込み、一撃を与《あた》えたヒフネは刀を高々と上げていた。ローニン父さんに止《とど》めを刺《さ》す気のようだ。

そんなことはさせられない！　そう思った僕は舞台に乱入しようとするが、レウス父さんに止められる。

「レウス父さん、どうして!?」

「慌《あわ》てるな、ウィル。あの娘の表情を見ろ。あれが人を殺すものの目か」

「………………」

たしかにヒフネの目は惑《まど》っていた。まるで子鹿《こじか》のように潤《うる》んでいた。

剣を高々と振《ふ》り上げたヒフネは、それを下ろすとうなだれながら言った。

「……私はこんな形で仇《かたき》に勝ちたいわけじゃない」

そう言うとゾディアック教団のほうへ振り向き、ふつふつと怒《いか》りを爆発《ばくはつ》させる。

「私は剣術家トウシロウの一番弟子にして最高の弟子だ！　このような恥《は》ずかしげな勝利などいらない！」

その言葉に黒衣の男たちは歯ぎしりをする。

「小娘が。我々がここまでお膳《ぜん》立《だ》てしてやったというのに」

「そんなもの頼《たの》んだ覚えはない」

「今、殺さねばおまえも我らが敵ぞ！」

「なめるな。おまえらなど一〇〇〇人が束になっても蹴散《けち》らす」

それがヒフネとゾディアック教団の決別の合図となった。

黒衣の男たちは歯ぎしりをしながら立ち去る。

ヒフネはそれを蔑《さげす》みながら見つめると、ローニン父さんに振り向き言った。

「いいか、ローニン、ここでおまえを殺さないのは慈悲《じひ》じゃない。ただの哀《あわ》れみ。おまえはおまえの息子が殺されるときをその目に焼き付ける義務がある。私は決勝戦で必ず神々に育てられしものを葬《ほうむ》り去る」

次いで視線が僕に向かう。

怒りと悲しみに満ちた瞳が僕と交錯《こうさく》する。彼女との戦闘《せんとう》は避けられそうになかった。

ローニン父さんはそれをただ物憂《ものう》げに見つめていた。


このような結末を迎えたローニン父さんとヒフネの準決勝。

ヒフネに斬《き》られたローニン父さんはルナマリアの治療《ちりょう》を受けると、独りになりたいと会場の裏に向かった。

ローニンの友人であり、同じ息子を持つ神は、ローニンの肩《かた》に舞い降りると言った。

「なぜ、ゾディアックの姦計《かんけい》にわざと乗った。あの娘に命をやるつもりだったのか？」

単刀直入に尋ねるレウス。

ローニンも単刀直入に返す。

「最初はそのつもりだった」

しかし、とローニンは続ける。

「剣《けん》を交えて分かった。あの娘の悲しい気持ちが、師父を愛する気持ちが。あれは俺を殺したただけじゃ満足しない」

「ウィルも殺さなければあの娘は前に進めないか？」

「そう確信した。だからやつらの姑息な手に乗ってやった」

傷口を押さえるローニン。ルナマリアの治癒魔法《ちゆまほう》は見事なものであるが、さすがに痛みは消えない。

ただ、あの娘の心の痛みはこんなものではないだろう、そう思った。

「なるほど、だからすべてをウィルに託《たく》すつもりなんだな」

「ああ、俺の剣は剛《ごう》の剣。それに比べてウィルの剣は柔《じゅう》の剣だ。あの娘の心を氷解させられるかもしれない」

「そうだな。ウィルの剣はまさしく活人剣。その優しき心に触《ふ》れれば真実を知る切っ掛《か》けになるやもしれない」

含《ふく》みを持たせた言い方であった。どうやらレウスはすべての事情を知っているようだ。

「……くそ、これだから鳥野郎《やろう》は。なんでもお見通しってか」

「まったく、周りに説明をすれば他に道もあったものを、難儀《なんぎ》な性格だ」

「弁解と弁明と便秘が嫌《きら》いなんだよ、俺は」

「ふ、まあいい。すべてはもうじき終わる。我々の息子があの娘を悪しき誤解から解き放ってくれよう」

レウスがそう結ぶとローニンも首肯する。

ただローニンは親として申し訳ないと思った。一番面倒《めんどう》なことを息子に押しつけてしまった自分の狭量《きょうりょう》さを嘆《なげ》く。

「……しかし、まあ、ウィルも立派になったよな。俺よりもずっと大人だぜ」

ローニンはこの場にいない息子を誇らしげに褒《ほ》めた。

†

ローニンの過去──。

ローニンが眺《なが》める青年、それは同門の兄弟子トウシロウだった。

端整《たんせい》な顔立ちに知的さの漂《ただよ》うたたずまい。さぞ女性にもてることだろうが、この山には女はひとりもいなかった。

宝の持ち腐《ぐさ》れだな、と思うが、本人はまったく意に介《かい》さない。

「女などどうでもいい」

と言い切る。

トウシロウはあまり酒もたしなまないし、なにが楽しくて生きているのだろうか。女と酒を愛するローニンは理解不能だった。

理解不能と言えばトウシロウの剣術《けんじゅつ》もだ。

やつの剣技はローニンを上回っていた。

幼き頃《ころ》から剣の修行に明け暮れていたローニンをしのぐ技量を持っているのだ。しかもトウシロウは誰《だれ》にも剣術を習わず、ほぼ独学で強くなったという。

「カミイズミ様と出会う前までは俺に剣を教えられるものはひとりもいなかった」

なんでもトウシロウは蓬萊《ほうらい》の農民の出らしい。五男坊《ぼう》とはいえ道場主の息子のローニンよりも遥《はる》かに劣《おと》る環境《かんきょう》で育ちながら、ローニンを超《こ》える実力を持つに至ったのだ。まったく、気に入らない。だからことあるごとに突《つ》っかかるが、それを意に介すどころが、逆にローニンと稽古《けいこ》に付き合ってくれるお人好しだった。

「…………」

剣の腕《うで》どころか、人格まで負けた気がするが、不思議とこの男には嫌味《いやみ》がなく、いつのまにか友誼《ゆうぎ》が芽生えていた。

同じ釜《かま》の飯を食っているうちに友情が芽生えたのだ。

ローニンとトウシロウは常に行動を共にするようになり、その実力も相まって麓《ふもと》の村人からはカミイズミの竜虎《りゅうこ》と呼ばれるようになった。

悪い気分はしないが、ある日、ローニンは気が付く。

トウシロウがただの気の良い青年ではないということに。

カミイズミの竜虎はある日、とある王国から依頼《いらい》を受ける。正確には師匠《ししょう》が頼まれたのだが、面倒《めんどう》くさがった師匠は弟子にその仕事を振ったのだ。

その仕事とは王国に仇なすドラゴンを狩《か》ってくれというものだった。

面倒な仕事だが、修行がてらその依頼を引き受けると、俺とトウシロウはドラゴンの被《ひ》害《がい》に遭《あ》っている村に向かった。無残に焼け落ちた村。焼け焦《こ》げた死体の臭《にお》いも鼻につく。

俺とトウシロウはドラゴンの再来に備え、村々に滞在《たいざい》する。しかし、ドラゴンは狡猾《こうかつ》で俺たちがやってくると即座《そくざ》に逃《に》げた。なかなかとどめを刺せなかったのだ。

延々といたちごっこが続くと、このままではいけないと思ったトウシロウは二手に分かれることを提案してくる。ドラゴンは狡猾だが、それほど強くない。その提案を受け入れると、ローニンとトウシロウはそれぞれ別の村に向かった。

結果、トウシロウがドラゴンを討ち取るのだが、ローニンはその手法を聞いて戦慄《せんりつ》する。

トウシロウの本性を知る。酷薄《こくはく》さ、冷酷《れいこく》さを知る。

トウシロウは逃げるドラゴンを捕《ほ》捉《そく》しやすいようにとんでもない策を実行したのだ。

それはドラゴンに村を襲《おそ》わせ、〝腹いっぱい〟にさせてからドラゴンを討ち取るというものだった。

無論、ローニンはそのことを批難したが、トウシロウはこともなげに言った。

「長引けばもっと被害が出たかもしれない。それに俺は一刻も早く修行に戻《もど》りたいのだ」

顔色ひとつ変えずに言い切るトウシロウ。その瞳《ひとみ》は清流のように綺麗《きれい》だった。わずかばかりも罪悪感を抱《いだ》いていないどころか、自分のやったことの意味が分かっていないのだ。

聞けばトウシロウの生家はとても貧しく、困窮《こんきゅう》した少年時代を送ったらしい。腐《くさ》った大根を巡《めぐ》って兄弟と殺し合い寸前の乱闘《らんとう》を演じたこともあるという。そんな幸せとは無縁《むえん》の少年時代に終止符《しゅうしふ》を打ったのは飢饉《ききん》だったという。腐った大根さえ食べられなくなった一家はトウシロウ以外、全員餓死《がし》した。

以来、天涯孤独《てんがいこどく》のまま世界を放浪《ほうろう》したという。

トウシロウにとって剣術は生きる糧《かて》なのだ。

道場主の息子だったローニンには理解できない人生だったし、今はなにを言っても彼に響《ひび》くことはないと思ったローニンはそれ以上、なにも責めなかったが、トウシロウの背中を見て思う。

「強くなるためにはおまえのような生き方をしなければいけないのだろうか。——だとしたら俺は」

ローニンは何気なくつぶやき、珍《めずら》しく哲学《てつがく》するが、結局、答えが浮《う》かぶことはなかった。

以後、ふたりはカミイズミのあばら屋に戻ると、なにごともなかったかのように剣を振るった。

互《たが》いに切磋《せっさ》琢磨《たくま》し、剣の道に没頭《ぼっとう》した。

しかし、そのような日々も終わりを迎《むか》える。

それから数年後——。

「ばっきゃろー！　死ぬんじゃねー！　ジジイ！」

若かりしローニンの絶叫《ぜっきょう》があばら屋に響き渡《わた》る。

それを聞いた剣聖カミイズミはぶっきらぼうに答える。

「相変わらず馬鹿《ばか》でかい声だな。ご近所から苦情が来るぞ」

剣聖カミイズミのあばら屋は山深いところにある。隣家《りんか》まで数十里はあろうか。いくら叫《さけ》んでも隣家に届くわけもなかったが、カミイズミは冗談《じょうだん》めかして言う。

死を間際にしてここまで大胆不敵《だいたんふてき》に冗談を放てる人物をローニンは他に知らない。死に対して限りなく自由なのだ。剣を極めるとこのような精神を得られるのだろうか。ならばとても羨《うらや》ましいと思った。

しかしローニンは褒めてやらない。

「糞《くそ》ジジイ。いつも偉《えら》そうにしてるくせに、こんなにあっさり流行病《はやりやまい》に罹《かか》りやがって」

「そんな上品な病気じゃない。ただの寿命《じゅみょう》だよ。天命だ」

「不老不死じゃなかったのかよ」

「人よりも限りなく長生きだが、不老でもなければ不死でもない。定められた命のものだよ。わしは」

「定めなんてぶった斬っちまえ」

「そうはいかない。どのように剣を極めても運命は変えられない」

「俺は変えてみせる」

「そうか。頑張《がんば》れ」

と言うとカミイズミは目を閉じる。一瞬《いっしゅん》、死んだかと思って慌《あわ》てるローニンだが、カミイズミは「五月蠅《うるさ》い」と目を開ける。

「まだくたばらないさ。――ところで運命といえばわしには子供がいる」

「子供？　あんたに？　意外だな」

「わしとて人間だ。誰かを愛することもある」

「ナニも奮い立つことがあるってことか」

「そうだ。昔、ひとりの女を愛した。蓬萊の女だ。そのものは歩き巫女《みこ》をしていた。修行の途中《とちゆう》で出逢《であ》ったのだが、すぐに恋《こい》に落ちてな。ひとりの子供を授かった」

「名前は？」

「カゼハナ」

「いい名前だ」

「だろう」

にんまりと笑うカミイズミ。

「しかし、その巫女とも娘《むすめ》とも別れた」

「……死別か？」

「いや、わしが捨てた」

「………」

「当時のわしは剣《けん》に夢中だった。魅了《みりよう》されていた。己の剣を史上最強のものにするため、妻子など構っていられなかった」

「妻子を置いて剣の道に逃げたってわけだ」

「その通りだ。畜生《ちくしよう》にも劣るだろう」

「違《ちが》いない。ま、俺にあんたを笑う資格はないが」

俺も似たようなものだ、と同調すると、カミイズミはぐわしとローニンの手を取った。

「おまえは違う」

「なっ……」

あまりの勢いにローニンはたじろいでしまう。

「なんだ、じじい、もうろくしたか」

「ああ、したとも。今さらわしは後悔《こうかい》している。愛するものを捨ててしまったことを」

「だから剣の道を極めることができたんだろう」

「違う。だから剣の道を極められなかったのだ」

「…………」

「たしかにわしは史上最強の剣の腕を得ることができたが、まだまだだ。最強のその上、てっぺんを極めることはできなかった。それはなぜだか分かるか」

「分からん」

「それは愛するものを持てなかったからだ。誰かのために剣を握《にぎ》ってこなかったからだ」

「愛するもの……、誰かのために……」

「いいか、人は愛するものを持ったとき、その力を何倍にもする。誰かのために剣を握るとき、実力以上の力を発揮できる。だからわしは最強とは正反対の道を歩んでいたのだ」

「………」

「いいか、おまえはわしのような男になるな。誰かのために剣を握れ。愛するものを見つけろ」

「……そんなこと今さら言われたって」

「いいや、おまえは大丈夫《だいじょうぶ》だ。まだ修羅《しゅら》道にも畜生《ちくしょう》道にも落ちていない。まだ引き返せる。いいや、引き返す。おまえはいつか自分以上に大切なものと巡り合う、〝愛するもの〟と巡り合う。その出会いを大切にするのだ」

カミイズミは最後に固くローニンの手を握りしめると言った。

「いいか。おまえは人を愛することができる人間。その力を十全に使え。──トウシロウは……」

最後にローニンの兄弟弟子の名を言い掛《か》けたが、最後まで言葉を発することはできなかった。カミイズミの寿命が尽《つ》きたのである。

こうして剣聖と謳《うた》われた男の天命は尽きた。

史上最強の男と謳われた男はあっさりと死んだ。彼が遺《のこ》したものは今にも朽《く》ちそうなあばら屋と粗末《そまつ》な剣と一対《つい》の秘伝書だけだった。

いや、本当はもっと大切なものを遺したのだが、カミイズミが遺したふたりの弟子はすぐにそれに気が付くことはできなかった。

†

剣聖カミイズミが死ぬとひとつ問題が発生した。それは彼の遺した秘伝書をどうするかであった。竜虎の巻と呼ばれる秘伝書。それは剣聖と呼ばれた男が生涯《しょうがい》を懸《か》け書き記した秘伝中の秘伝だった。

師の遺言《ゆいごん》によればこのふたつの書物はふたりの弟子に分けられることになっていたが、問題はどちらがどの書を得るかであった。

竜虎の書は明らかに内容が違うのだ。

別名技の書と呼ばれる竜の書。それはカミイズミの技術がすべて書かれた剣術家垂涎《すいぜん》の書物であった。まだローニンもトウシロウも習っていない必殺技が記載《きさい》されていた。

一方、心の書と呼ばれる虎《とら》の書は主に精神面の心得が書かれており、内容も薄《うす》かった。物理的な厚さも四倍は違う。

そうなれば当然、竜の書の価値は高くなる。トウシロウも当然、竜の書を所望すると思っていた。なので機先を制す。

「おい、トウシロウ、俺が竜の書をもらうぞ。なぜならば竜の書のほうが格好いいからだ。それにおまえはあばら屋に住んでいる猫《ねこ》を可愛《かわい》がっていた。犬よりも猫派だって言ってたし、竜の書は俺に譲《ゆず》れ」

難癖《なんくせ》であり、言いがかりにも近かったが、意外にもトウシロウは了承《りょうしょう》する。

「そもそも師の遺言ではおまえに竜の書をとのことだった。異論はない」

「やっぱ俺様のほうが強いからかな」

からからと笑うローニンに竜の書を渡すトウシロウ。

「おいおい、まさか本当に渡す気か？」

「本当に渡す気だが」

「いいのかよ。竜の書にはおまえの知らない必殺技もわんさか書かれているんだぜ」

「知っている。しかし、カミイズミ様は死の間際におっしゃられていた。俺に本当に必要なのは虎の書なのだと」

「なんだと？　おまえ、師匠《ししょう》と竜虎の書について話したのか？」

「当然だ、おまえは話さなかったのか」

「い、いや、話したさ」

とは言ったが、それは嘘《うそ》である。カミイズミとは竜虎の書の詳細《しょうさい》については話さなかった。

（……やっぱり一番弟子であるトウシロウのほうが可愛いのかな）

そんな子供じみた思いが生まれてしまうが、ローニンは首を横に振《ふ》る。さすがに子供じみていると思ったのだ。気持ちを切り替《か》える。

「分かった。じゃあ、俺は竜の書をもらう。おまえが虎の書な」

「問題ない」

「あとこれは提案だが、これから一緒《いっしょ》に修行しないか？」

「と言うと？」

「俺が竜の書を読みながら新しい必殺技を体得する。おまえは虎の書を読みながら師匠の心を俺に伝えてくれ」

「なるほど、それはいいな」

トウシロウはそう言うと右手を差し出してくる。それが握手《あくしゅ》であると悟《さと》るにはしばしの時間が必要だった。ローニンはそのような健全な精神とは無縁《むえん》の人生を送っていたからだ。しかし、今さら兄弟弟子に喧嘩《けんか》を売るほど幼くもなかったローニンはトウシロウの右手を握り返すと言った。

「ジジイがいなくなっただけでやっていくことはほぼ同じだが、よろしく」

「そうだな、引き続きよろしく」

互《たが》いに不敵な笑みを漏《も》らすと、ローニンとトウシロウは修行を再開した。


それから十数年、ふたりは修行に励《はげ》む。山に籠《こ》もり剣を振るい続ける。夜は互いに秘伝書を読んで会得したことを語り、それが終わると夕食をつつきながら剣の道を語った。

時折、先に死んでしまった師の悪口を言い合い、酒を酌《く》み交《か》わす。金がないゆえに麓《ふもと》の酒屋の一番安い酒か、自家製のどぶろくなどを愛飲したが、酒の味などどうでもよかった。

ただ同じ道を極めんとするものと酒を飲むのがたまらなく幸せだったのだ。

そうやって悠久《ゆうきゅう》の時間を過ごすが、ある日、師の荷物を整理していると、一通の手紙を見つける。差出人の名前を見るとそこにはカゼハナと書かれていた。

その名前を思い出すのにしばしの時間が掛かる。

「……師匠の娘の名前だな」

「師匠の娘の名前？　カミイズミ様には娘がいたのか」

「ああ、昔、撒《ま》いた種が実ったらしいが」

と言うとカゼハナという娘が住んでいるのがそう遠くないことに気が付く。

「なるほど、ならば一度、その娘の様子を見に行くか」

「師匠の娘なら美人の可能性はないぞ。それにもうばばあだろう」

「そんなものは望んでいない。ただ、師の娘が困窮《こんきゅう》していたら夢見が悪い」

「なるほど、たしかにその通りだ」

師匠も死の間際に娘の存在を知らせるということは心残りであったのだろう。その愁《うれ》いを除くというのは弟子の務めのような気がした。


山の麓に向かう。カゼハナが住んでいる村が見えてくるが、ローニンとトウシロウはすぐに異変を察知する。遠くからもくっきり見える煙《けむり》、焼け焦《こ》げた臭《にお》い。その中には血の臭いも混じっている。すぐに戦闘《せんとう》が行われたことを察する。

「……いや、戦闘ではなく、虐殺《ぎゃくさつ》か」

むごたらしく死んでいる村人を見つける。どうやら大規模な盗賊《とうぞく》団に襲《おそ》われたようだ。

「くそ、もう少し早く到着《とうちゃく》していれば」

「今さら悔《く》やんだところで始まるまい」

今は師匠の娘《むすめ》であるカゼハナの行方《ゆくえ》を捜《さが》すんだ、と続けるトウシロウ。ローニンもそれにならうと村の広場で剣の音を聞く。

そこにはひとりの女性の死体が転がっていた。すぐにそれがカゼハナだと分かる。剣聖カミイズミの面影《おもかげ》を色濃《いろこ》く残していたからだ。

師匠の娘の死体を見たローニンは怒《いか》りに心を染めるが、トウシロウが制す。

「トウシロウ、なぜ、止める。師匠の娘の仇《かたき》を取ってやらねえと」

「その気持ちは分かるが」

トウシロウも怒りを覚えているようだが、それ以上に気になっていることがあるようだ。母親の死体の前に立ち塞《ふさ》がり、剣を振るっている少女に注目する。

「なんだ、あの細い娘っこは」

「日本刀を持っているな。しかもあの太刀筋《たちすじ》」

「カミイズミ流だ！」

そう叫《さけ》ぶと少女はゆらりと身体《からだ》をゆらし、盗賊に斬《き》り掛かる。

流水のような動き、電光石火の剣さばき。とても年頃《としごろ》の娘とは思えなかったが、その動きはたしかにカミイズミ流そのものだった。すぐに彼女がカゼハナの娘だと分かる。

「血は争えないな」

「親の仇を自ら取るか」

見れば村を襲った盗賊はすべて彼女によって斬られていた。ローニンやトウシロウが手を貸すまでもなく、復讐《ふくしゅう》を遂《と》げていた。

少女はやがて最後の盗賊を殺す、仲間を斬られて戦意を喪失《そうしつ》していた盗賊の正面に回り込むと言った。

「……悪党には死を」

そう言い放つと盗賊を刺《さ》し殺す。一切の躊躇《ちゅうちょ》はないが、当然であった。母親や村の仲間を殺されて黙《だま》っているものはいない。しかし、カゼハナの娘は復讐に囚《とら》われた殺人鬼《さつじんき》にはならなかった。最後の盗賊を刺し殺すと、落ちていた鍬《くわ》を拾い上げ、穴を掘《ほ》る。最初は気でも狂《くる》ったのかと思った。なぜならば母親や村人だけではなく、盗賊の死体まで埋《う》め始めたからだ。

なぜ、そのようなことを。盗賊が憎《にく》くないのか、と尋《たず》ねると、彼女は平然と言った。

「……悪党でも放置はできない。そのままにすれば伝染病が発生するかもしれないから」

それに、

「死んでしまえばすべて仏、母さんはそう言っていた」

淡々《たんたん》と言い放つ少女。それがカゼハナの娘、カミイズミの孫、「ヒフネ」との出逢《であ》いだった。

†

煙立つ村で出逢った少女ヒフネ。彼女は目の前で母親や村人を殺された瞬間《しゅんかん》、覚醒《かくせい》した。己の中に流れる血を自覚した。生まれてから一度も剣《けん》を握《にぎ》ったことがないというのに凶悪《きょうあく》な盗賊どもを一掃《いっそう》する実力を見せたのだ。

さらに気に入ったところは、盗賊を殺してもそれらの死体に慈悲《じひ》をかける優しい性格だった。あのような心境にはどのような剣の達人も達せない。いや、唯一《ゆいいつ》、剣聖カミイズミは達することができたかもしれない。つまりヒフネはやはりカミイズミの孫であった。

しかし、まだ彼女は幼い。大人の庇護《ひご》がなければ生きづらい年頃《としごろ》であった。師の死を看《み》取《と》った弟子たちとしては援助《えんじょ》を渋《しぶ》る理由はなかった。ローニンとトウシロウは生活費を工面しようとするが、それはヒフネに断られる。代わりに彼女は剣を教えてくれと請《こ》う。

「剣だって？　まさか剣士になるつもりか？」

「そう」

短く言うヒフネ。

「私は剣聖の孫娘《まごむすめ》なんでしょう。ならば剣の達人になれるはず」

「さっき盗賊たちに対して無双《むそう》していたが」

「村の仲間や母さんの死体を見たら血が沸騰《ふっとう》した。気が付いたら剣を握っていた」

「覚醒ってやつか。血は争えないな」

先ほどの盗賊と剣を交える動き、あれは素人《しろうと》のそれではなく、明らかに才あるものであった。もしも本当に剣を握ったのが初めてならば、その才は剣聖カミイズミに匹敵《ひってき》するものがあるかもしれない。

「自分で言うのもなんだけど、私には才能があると思う。剣士になれるはず」

「理屈《りくつ》は正しいが、女が剣の道を極めてなんになる」

「時代錯誤《さくご》」

ヒフネは表情を変えずにやれやれと言う。

一方、トウシロウはローニンとは違《ちが》う意見を持っていた。

「いや、なにかと物騒《ぶっそう》な世の中、女にも剣の腕《うで》は必要だろう。それにこの娘は剣聖カミイズミ様の孫娘。とんでもない才能を秘めているに違いない」

その言葉を聞いたヒフネはひしりとトウシロウと腕を組む。

まったく、女は甘言《かんげん》を弄《ろう》す色男に弱い。ローニンのようなむさ苦しい男の正論よりもトウシロウのような優男《やさおとこ》の言葉を信じてしまうのだろう。

「まあ、いいか。どのみち放っておけないし、俺たちと一緒に剣の道を極めようか」

こくりこくりと二度ほどうなずくヒフネ。こうして俺たちは共同生活を始めた。

数年の時が過ぎる。

男女三人の生活はそれまでの生活とは変わった。男同士ならば喰《く》うものも肉と酒があればなんでもよかったし、寝《ね》る場所も雑魚《ざこ》寝でよかったが、年頃の娘がいればそうはいかない。師匠《ししょう》のあばら屋を改装するとヒフネの部屋を作る。

着るものもそれなりのものを揃《そろ》える。とんだ出費であるが、痛いと思ったことはない。

それどころか彼女との共同生活はとても楽しかった。

料理が不得手なローニンたちに代わり、ヒフネが料理を作る。

「私、こう見えても料理の天才」

を自称《じしょう》するだけはあり、わずかな食材をご馳走《ちそう》に変えるヒフネ。

うめーうめーと無作法に食すローニン、箸《はし》の先を濡《ぬ》らさずに綺麗《きれい》に食べるトウシロウ。

三人で行う修行も楽しいものであった。

川上から大量の丸太を流し、川下のものが切り裂《さ》く。交互《こうご》に木を伐採《ばっさい》するもの、丸太を斬るものを交代する。

あるいは三人で山の主《ぬし》と呼ばれる大猪《いのしし》を狩《か》る。誰《だれ》かが囮《おとり》となり誘《おび》き出し、誰かが反撃《はんげき》し追い立て、誰かが仕留める。狩った猪は皆《みな》で解体し、猪鍋《いのししなべ》にする。

またある日、傷付いたリュンクスを見つけたときはそれを飼う。ヒフネが物欲しそうな目をしたからだ。彼女は年頃の少女らしく、可愛《かわい》らしい動物が大好きだった。

「……ん、そういえばおまえっていくつなんだ？」

ある日、疑問に思ったローニンは尋ねる。

ヒフネは師匠の孫であるが、師匠は長年生きた妖怪《ようかい》のような存在、ヒフネの歳《とし》も不明だった。彼女は悪戯《いたずら》気味に微笑《ほほえ》むと人差し指を唇《くちびる》に付け、

「秘密」

と言い放った。

ちなみに剣聖カミイズミは七〇歳くらいの老人に見えた。村の人々の情報によると三〇年前から容姿が変わらないという。仙人《せんにん》のようだが、この世界には戦闘に特化した種族がいる。彼らは死ぬまで戦闘をするため、若い頃《ころ》の期間が異様に長い。もしかしたらヒフネもその類《たぐい》の種族なのかもしれない。

「……まったく、どっちも妖怪だな」

師匠のことを思い出しながら吐息《といき》を漏らすローニン。

このようにしてなにげない日常が続くが、それも永遠ではなかった。ある日、別れの日

は訪れる。トウシロウに仕官の話がやってきたからだ。とある小国の剣術師範《しはん》として迎《むか》え入れたいという使者がやってきた。

その話を聞いたトウシロウはふたつ返事でそれを引き受ける――ことはなかった。

むしろ悩《なや》んでいる。その理由を尋ねる。

「なんで仕官を受けない。剣術師範とは立派じゃないか」

「ぬかせ。わずかもそうは思っていないくせに」

「俺は宮仕えなどしたくない。ただ、ヒフネがいるのならばどこかに落ち着いたほうがいい」

「ヒフネが俺に付いてくること前提か」

「実際、付いていくだろう?」

見ればヒフネは旅支度をはじめていた。

「たしかに付いてきそうだ。しかし、意外だな、おまえに懐《なつ》いているように見えたが」

「やれやれ、女心の分からないやつだ」

自分のことを棚《たな》に上げながらローニンは問う。

「しかし、おまえがヒフネを受け入れるとは思わなかった。修行の邪魔《じゃま》になると邪険《じゃけん》にすると思っていた」

その言葉を聞いたトウシロウはしばし考え込むと、なにげない口調で言う。

「あの娘《むすめ》は師匠の孫だからな。もしかしたら奥義を極めるのに役に立つかもしれない。そう思った。それにあの娘に子を産ませれば強き子が生まれるとも」

「…………」

その口調があまりにも冷淡《れいたん》だったローニンは絶句してしまうが、それに気が付いたトウシロウは口元を緩《ゆる》める。

「冗談《じょうだん》だ。俺は子供は嫌《きら》いだ」

そう言うと握手《あくしゅ》を求めてくる。どうやら仕官を決めたようだ。

「俺は仕官をする。おまえはどうするんだ？」

「東のほうに須弥山《しゅみせん》って山があるらしい。そこで神様が修行をしてくれるらしいから、ちと顔を出してくる」

「酒場に行くような気軽さだな」

「俺を鍛《きた》えられるのは神々しかいない」

「剣術馬鹿《ばか》らしい答えだ。ところで竜《りゅう》の書だが、隠《かく》されていた暗号は解けたか？」

「いや、ちっともだ。そっちは？」

「こちらもだ。虎《とら》の書にはカミイズミ流の心得が書かれているというが、どれも奥義に繋《つな》がるものは見つからない」

「こりゃ、諦《あきら》めるしかないかな。最強の技は自分で編み出せという師匠の有り難《がた》い訓示かもしれん」

「……かもしれないな」

トウシロウはそう漏《も》らすと残念そうな顔をした。

ローニンは彼の心を慰撫《いぶ》するかのように手を握りしめる。

今生《こんじょう》の別れではない。生きていればまた会えるだろう、そういう握手だった。

こうして長年、共に修行を重ねた竜虎《りゅうこ》は別れのときを迎える。

たしかにふたりの別れは今生の別れではなかったが、それどころか「兄弟弟子」としてすぐに再会することになる。ただ、その再会は麗《うるわ》しくも楽しくもない。それどころか互《たが》いに剣を交える殺伐《さつばつ》としたものになる。しかし、ふたりはまだそのことを知らない。この時点ではふたりはまだ「友」だった。少なくともローニンはそう思っていた。


それからさらに月日が流れる。ローニンは須弥山で修行をし、神となる。

トウシロウは某国《ぼうこく》に仕官し、剣術師範となる。

ヒフネは彼のもとで修行を重ね、立派な剣士となる。

なにもかもが順調に思えたが、ただひとり満足していないものがいた。

そのものは社会的に立派な地位を得た。

剣術《けんじゅつ》を極め、誰からも尊敬された。

娘《むすめ》のような弟子からも慕《した》われていた。

しかし満たされぬものを持っていた。渇望《かつぼう》を持っていた。


「もっと強くなりたい。師が遺した奥義を習得したい」


そう思うようになっていた。

その思いは日に日に高まり、ある日爆発《ばくはつ》する。

彼は自分の高弟を呼び出すと剣を抜き放《はな》ち、斬《き》り付けた。

師の遺した奥義を再現する実験だった。真剣《しんけん》によって高弟たちを切り裂いた。もとより実力差が離《はな》れていた高弟たちは次々と斬り殺されていく。

「おまえたちは〝生きる〟のが下手だ。だから俺に斬り殺される」

「し、師匠……、なんでいきなり……」

高弟のひとりは息も絶え絶えに言う。

「いきなりではない。最初からおまえたちは奥義の実験台だ。それ以外で〝ヒフネ〟以外の弟子を取る理由があろうか」

トウシロウの瞳《ひとみ》に狂気《きょうき》が浮《う》かぶ。幼き頃、殴《なぐ》り殺して野菜を奪《うば》い取った農夫も同じ瞳を見たのかもしれない。

トウシロウという男はこの瞬間《しゅんかん》に狂《くる》ったのではなく、最初から狂っていたのだろうか、弟子は答えを探したが、たどり着く前に刀を突《つ》き立てられる。

道場が血の海で染まるが、四人目の高弟を斬り伏《ふ》せたとき、トウシロウは気が付く。

「やはり竜虎の書をひとつにしてこそ奥義を会得《えとく》できるのだ」

と。

そのことに気が付いた。


雨が降っていた。

どこまでも氷雨《ひさめ》が続く。

この世界を凍《こお》り付かせてしまうように錯覚《さっかく》したが、ヒフネは気にすることなく歩んだ。

師であるトウシロウに使いを頼《たの》まれていたからだ。

剣《けん》の神となったローニンを探し出す密命を帯びたヒフネは須弥山に向かっていた。そこでローニンを見つけ出すのが使命であったが、なんと須弥山に到着《とうちゃく》すると入れ違《ちが》いになっていることに気が付く。

須弥山の麓《ふもと》の村人はローニンはトウシロウに会うために旅立ったことを告げる。虫の知らせがうんぬん、と言っていたらしいが……。

「まったく、間が悪い。ローニンはいつもそうだ」

あの日、別れを告げた日のことを思い出しながらヒフネは来た道を引き返したが、途中《とちゆう》、その足が速まる。なぜか厭《いや》な予感を覚えたのだ。

「……血の臭《にお》いがする」

勿論《もちろん》、周囲に死体などなかった。ただ第六感がヒフネの嗅覚《きゆうかく》を刺激《しげき》し、遥《はる》か遠方の異変を嗅《か》ぎ分けたとしか思えない。超常《ちようじよう》的であるが、そう解釈《かいしやく》するしかないほどヒフネの胸が逸《はや》る。

「……なぜだ。なんだこの感覚……」

ぞわぞわする胸を押さえながらヒフネは道場に戻《もど》るが、そこにいたのは血塗《ちまみ》れの刀を握《にぎ》り締《し》めているかつての「家族」だった。

剣の神となったローニンは道場に立ち尽《つ》くしていた。彼の前にはヒフネの兄弟弟子たちの死体が転がっている。

髪《かみ》が逆立つ。かつて盗賊《とうぞく》に殺された母や村人の顔が浮かぶ。

一体誰《だれ》がこんなことを！

ローニンに犯人を問いただすが、彼は無言だった。ふと彼の右手を見ると見慣れた書物がある。竜の書である。それも血塗れだった。

「……まさか」

ローニンに問いただすよりも先に道場の襖《ふすま》を開ける。そこには血塗れの師父の死体があった。

「き、貴様、師父を手に掛《か》けたな！　竜虎の書を独占《どくせん》せんがために師父を殺したな‼」

その苛烈《かれつ》な言葉にローニンは反応しない。

ただ悲しげな瞳で言った。

「俺がトウシロウを殺したのは事実だ。言い訳はしねえ」

そう言うとトウシロウが握り締めていた虎の書を取る。

「――と言ってもおまえは納得せんだろう。ここで一勝負するか」

ヒフネは即座《そくざ》に剣を抜き、斬り掛かる。ローニンとはともに修行した仲、その実力はそこまで離れていない。今の自分ならば勝てるはず、そう思って一撃《いちげき》を放つが、剣の神とヒフネの実力は想像以上に離れていた。

一撃でヒフネを打ちのめすとローニンは言った。

「許せとは言わない。それどころかおまえは俺を憎《にく》むべきだ。いいか、この竜虎の書はおまえにやる。これを読み込み、師匠《ししょう》の奥義を会得しろ。そのとき改めて俺に勝負を挑《いど》め。その奥義で俺を殺せ。それがおまえの宿命だ」

ローニンはそう言い放つと、その場を立ち去る。

ヒフネは薄《うす》れ行く意識の中で口にする。

「ま、待て……ローニン……」

やがて完全に意識を失うが、数刻後、目覚めたとき、血と臓物《ぞうもつ》の中、復讐《ふくしゅう》心を胸にたぎらせた。


「殺す!!」

全身に汗《あせ》をかき、目覚めるヒフネ。

周囲を確認するが、高弟やトウシロウの死体はない。血や臓物も。

当然だ。ここはアーカムの街の宿。トウシロウの道場ではないのだ。

改めてそのことを思い出したヒフネはしばし呆然《ぼうぜん》とするが、すぐに自分がなすべきことを思い出す。時計の時刻が決勝のときを告げていた。

ヒフネがすべきはアーカム武術大会の決勝会場におもむき、そこでローニンの息子であるウィルを斬り殺すことであった。

かつてローニンがヒフネにしたことをそのままやり返すのである。

ヒフネから幸せを奪ったローニンに同じ気持ちを味あわせるのだ。

「……そのための秘策もある」

ナイトテーブルに置かれた竜虎の書を見つめる。

「……奥義はしかと覚えた」

ヒフネは自分の祖父が遺した竜虎の書の奥義を極めたのだ。

剣神も師父も極めることができなかった奥義を会得したのだ。

その名は、

「天息吹活人剣《てんいぶくかつじんけん》」

剣聖と謳《うた》われた男が生涯《しょうがい》を懸《か》け、研鑽《けんさん》し、編み出した奥義だ。

その技を使えばどのような人物も一撃で葬《ほうむ》り去れるという。どのような人物にも救いを与《あた》えるという技であった。

師父を殺されて以来、心にぽっかりと穴が空いたヒフネには丁度いい技といえた。ヒフネの師父を殺した男を後悔《こうかい》させるには丁度いい技であった。

「そして神々に育てられしものを葬り去るのにも……」

自分の実力があの少年に劣《おと》っているとは思わないが、あの少年は剣の神、魔術《まじゅつ》の神、治《ち》癒《ゆ》の女神に英才教育をほどこされた天才だった。圧倒《あっとう》的な実力を持っていることは知っていた。だからこそこの奥義を会得するまで手を出さなかったのだ。

しかしヒフネは一年ほど前に奥義を会得した。この世でひとりしか会得できなかった究極の技を己のものにしたのだ。もはや恐《おそ》るべきものはなにもなかった。

「……師父よ。私は必ずあなたの仇《かたき》を取ります。神々に育てられしものを殺し、ローニンに地獄《じごく》の責め苦を与えます」

ヒフネは改めて死んだ師父に誓《ちか》うと、天息吹活人剣を放つ。

至高の抜刀《ばっとう》術、神速の抜刀術が空気を切り裂《さ》く。あまりの速度に時空が歪《ゆが》むようであった。数瞬遅《すうしゅんおく》れて、凄《すさ》まじい旋風《せんぷう》が巻き起こる。室内の家具はズタズタに破壊《はかい》される。

ちなみにこれでも威力《いりょく》は最小に抑《おさ》えてある。もしも本気を出せばこの宿屋の半分は吹《ふ》き飛ばせるだろうか。

「ふふふ、神々に育てられしもの、首を洗って待っているといい」

不敵につぶやくと、ヒフネは身なりを整え、会場に向かった。


一方、その頃《ころ》、僕はワイツさんの道具屋の裏庭にいた。そこでローニン父さんに語りかける。

「父さんがトウシロウさんを殺したとは思えない」

「俺がやつを殺したんだよ」

「やむにやまれぬ事情があったんでしょう。――例えば向こうのほうから斬り掛かってきたとか」

「…………だとしても友殺しに変わりねえよ。黙《だま》って斬られてやることもできた」

「斬られていたら僕と父さんは会えなかった」

「かもな。しかし、歴史は変えられない。となれば今すべきはおまえに奥義を教えることだ」

「奥義？」

「天息吹活人剣だ」

「そんな技が」

「ああ、最強の抜刀術だ。これより速い剣はない。大空を翔《かけ》る隼《はやぶさ》ですら追撃《ついげき》できる」

「凄《すご》い技だ」

「しかし問題もある」

「問題？」

「俺がその奥義を会得できなかったということだ。竜虎《りゅうこ》の書にはこの奥義は真に心の清きものしか会得できないとある。だから俺もトウシロウも会得できなかったのだろう」

「父さんたちに会得できなかったものが僕にできるのかな」

「できるさ。神々に育てられしものだからな、おまえは」

不敵に笑うとローニン父さんは天息吹活人剣を一から十まで丁寧《ていねい》に教えてくれる。構えから刀の握りや返し、すべてだ。とても単純な技であるが、途中、僕は気が付く。

「……あれ、これって刀用の技なんだよね？」

「そうだ。無論、剣にも転用できるぞ」

「うん、それは分かるけど、この型通りにやると殺傷力が」

「おまえも気が付いたか」

「うん。これじゃ相手を倒《たお》せない。それどころかとても弱いような」

「そこなんだよな。俺もトウシロウも途中でそれに気が付いた。きっと竜虎の書のどこかに本当の型が書いてあるんじゃないか、という結論に達した」

「なるほど、そうかも……、いや」

僕は首をひねると心の中の疑問を口にする。

「ねえ、父さん、カミイズミさんは父さんに竜の書を、トウシロウさんに虎《とら》の書を渡《わた》したんだよね？」

「そうだが」

「竜の書は別名技の書、虎の書は心の書なんだよね。父さんよりもトウシロウさんのほうが才能があったんだよね？」

「師匠のおきにでもあったぞ」

「普通《ふつう》、逆のような気がする」

「逆って？」

「トウシロウさんが最強の弟子なんだから、最強の技を記した竜の書を渡すべきだったと思う」

「たしかに。しかしまあ師匠も気まぐれだったからな」

「そうかなあ。なにか意味があるんだと思うけど」

僕はしばし考察する。なぜトウシロウさんに虎の書を。心の書を渡したのだろうか、と。

しばし考えていると僕の脳裏に電球が灯《とも》る。

「そうか！　そういうことか！」

「おわ、なんだ、ウィル。気でも狂《くる》ったか？」

「分かったんだよ。カミイズミさんの真意が。なぜ、虎の書をトウシロウさんに渡したか。それと天息吹活人剣の極意も分かった」

「なんだと？　俺たちが半生を懸けて習得しようとしてできなかったもんを、おまえは一《いっ》瞬《しゅん》で会《え》得《とく》しちまったというのかよ？」

「ヒフネさんも習得できたはずだよ」

「あの娘《むすめ》はふたつの奥義書を持っている。それを読み込んで長年、修行をしてきたんだ。おまえはちょっと奥義の概要《がいよう》を聞いただけで閃《ひらめ》いちまったというのかよ？」

「まあね。でも、この技はそんなに難しいものでもない。それに最強の技でもなかったんだ」

「なんだって？　どういうことだ？」

「それはね……」

父さんに耳打ちをする。父さんは真摯《しんし》な表情で聞くと、一際驚《おどろ》いた顔をする。僕の才能に驚いているのか、それともカミイズミさんの深慮遠謀《しんりょえんぼう》に驚いているのかは分からなかったが、父さんは僕の勝利を確信したようだ。

「――おまえこそが剣聖カミイズミの正統な後継者《こうけいしゃ》なのかもな。剣鬼《けんき》となったヒフネにも負けることはないだろう」

「そうだね、僕は勝つ。そしてヒフネさんを悪しき宿痾《しゅくあ》から解放するよ」

「そうしてやってくれ。あいつは俺の友の娘。それに師匠の孫娘なんだ」

うん、と、うなずくと、母屋《おもや》に戻《もど》り、ルナマリアたちを連れ、決勝戦の会場に向かった。

†

決勝会場は沸騰《ふっとう》していた。

アーカムの街のあらゆる階層の人々が集まり、今か今かと試合が始まるのを待っていた。

その熱気を見てルナマリアは感嘆《かんたん》の台詞《せりふ》を漏《も》らす。

「すごいですね」

「だね。皆《みんな》、僕とヒフネさんを見に来ているんだね」

「おい、ウィル、見てみろ。オッズが出ているぞ」

「賭《か》け事は感心しません」

「まあ、そう言うなって。お、案外、接戦だな」

見ればオッズは拮抗《きっこう》していた。

「もっと離《はな》されているかと思ったけど」

「おまえもヒフネもいい勝ち上がり方をしたからな。素人《しろうと》には実力の差は分からんさ」

悠然《ゆうぜん》と言うローニン父さんだが、ルナマリアは気がかりで仕方ないようだ。

「……ローニン様、率直に申し上げますが、ウィル様とヒフネさん、どちらが強いでしょうか？」

「そりゃあ、ヒフネだろう。年季が違《ちが》う」

「それではウィル様は負けてしまうのでしょうか？」

「実力が上回っているからって勝てるとは限らないのが剣の恐ろしいところだな。俺はウィルが勝つと思っている」

ほっと胸を撫《な》で下ろすルナマリアだが、それは気休めだろう。僕自身はヒフネに勝てるか疑っていた。

総合戦闘力《せんとうりょく》はほぼ互角《ごかく》だが、剣術《けんじゅつ》に限ってはヒフネが一回りは上だろう。さらにヒフネの攻撃的《こうげきてき》なスタイルは相性が悪い。魔術の詠唱《えいしょう》をさせて貰《もら》う暇《ひま》がないのだ。となると必然的に剣術勝負となり、こちらが不利となる。

「しかしまあ勝負は下駄《げた》を履《は》くまで分からないしね」

ルナマリアを安心させるためにそう言うと、僕は舞台《ぶたい》に上がろうとしたが、途中《とちゅう》、父さんに声を掛《か》けられる。父さんは僕を呼び止めると、無言で腰《こし》の刀を渡す。

「これは……」

「肥後同田貫」

「それは知っているけど、大切な刀なんじゃ」

「大切な刀だから息子に貸すんだよ。おまえは天息吹活人剣で勝負を決める気なんだろう」

「うん」

「ならば抜刀術がしやすい刀を使え」

「分かった。ありがとう」

素直に受け取るとローニン父さんはにやりと僕を見送る。僕たちのやりとりを憎《にく》しみの表情で見つめるのは舞台を挟《はさ》んで反対側にいるヒフネだった。彼女は氷のような視線を僕たちにぶつけてくる。全身から殺意を発している。

僕を殺したくて仕方ないようだ。すぐに舞台に上がると僕を挑発《ちょうはつ》する。

「神々に育てられしもの。父親との最後の挨拶《あいさつ》は済んだか？」

「最後ではないけど済んだ」

「ならば舞台に上がってこい。それとも僅《わず》かばかりの勇気もないのか？」

「まさか」

と返すと僕も舞台に上がる。

舞台に上がると針で刺《さ》されるかのような威圧《いあつ》感を覚える。気迫《きはく》に飲み込まれてしまいそうだったが、ヒフネのオーラをいなすと、腰の刀に手を添《そ》えた。

（……開幕一番でくるぞ）

ヒフネの殺気、性格を考えるに初撃で決めてこない理由はない。開幕から最強の技を放ってくるのは容易に予想がつく。

実際彼女は抜刀《ばっとう》術と踏《ふ》み込みを一体化したカミイズミ流の秘技、

「瞬絶殺」

を放ってきた。

この技は文字通り一瞬で相手を絶命させる強力な技であった。あのローニン父さんですら舌を巻く威力《いりょく》を誇《ほこ》っていたが、僕は細心の注意でそれを受け止める。

迷うことなく頸動脈《けいどうみゃく》に斬《き》り掛かってきた刃《やいば》を、肥後同田貫で受け止める。

カキン、
金属音が木霊《こだま》するが、それが試合開始の合図となった。

一撃目《いちげき》が通じなかったヒフネは流れるような動作で二撃目、三撃目を繰《く》り出す。それらを受け止めると、僕も反撃《はんげき》する。ヒフネの剣速と同等の攻撃を複数回繰り出す。彼女はそれらをなんなくいなす。

攻撃力も防御力《ぼうぎょ》も同等のようだ。

これは試合が長引く。そう思ったが、その予想は的中する。

事実、それから一時間掛けて僕たちは剣戟《けんげき》の応酬《おうしゅう》を続ける。舞台中央、舞台端《はし》、そのときに応じて場所を変え、相手の命を奪《うば》い合う。その緊迫《きんぱく》した表情、鍛《きた》え抜《ぬ》かれた剣技《けんぎ》は会場の人々を魅了《みりょう》した。

「すげえ！　なんだ、こいつら⁉」

「昨年の決勝戦が遊戯《ゆうぎ》のように見える」

「こんな剣戟を一時間も繰り広げるなんて、人間の体力じゃねえよ」

それらの声にヒフネは皮肉気味に答える。

「おまえら凡人《ぼんじん》とは鍛え方が違う」

苦笑いを漏らす僕。ローニン父さんの修行を思えばヒフネの受けた修行の凄《すさ》まじさは想像できる。ローニン父さんはなんだかんだで僕には甘くしていたというから、きっとヒフネはとんでもない修行を受けてきたに違いない。

　それらを想像して笑ってしまったのだが、彼女はそれが気にくわないようだ。つばぜり合いの最中《さなか》に蹴《け》りが飛んでくる。

「にたにたと気持ち悪い」

「ごめん。からかうつもりはない。お互《たが》いとんでもない青春を送ってきたんだな、と思って」

「違いない。しかし、おまえは陽《よう》の人生を歩んできたはず」

「たしかに」

「一方、私は陰《いん》の人生」

「それが辛《つら》かった？」

「まさか。おかげで強くなれた。生きがいを持てた」

「ローニン父さんに復讐《ふくしゅう》を果たすことがそんなに楽しい？」

「楽しくはない。でも他に生きるすべを知らない」

　そう言い放つと強烈《きょうれつ》な斬撃が飛んでくる。僕はそれを受ける。

「な、今の一撃を防ぐなんて」

「意外だったかな」

「これ以上ないほどの殺意を込めた」

「なるほど、そうなのか。しかし本当にそうかな」

「どういう意味だ」

「いや、ヒフネさんの剣には慈悲《じひ》が籠《こ》もってた。たしかに殺意には溢《あふ》れているんだけど、優しさもあったよ。僕が苦しまないように最短で急所に向かっていた。だからとても読みやすかった」

「…………」

「ヒフネさんはとても優しい人なんだね」

「私は優しくなどない!!」

そう叫《さけ》ぶとまたしても強烈な一撃が飛んでくる。

その一撃をいなすと僕は言い放った。

「今のもさっきと同じ挙動だ。たぶんだけどヒフネさんは生まれながらに優しい女の子なんだよ。人を殺《あや》めることができない女性なんだ」

「かもしれない。しかし、おまえだけは殺す」

「仇《かたき》の息子が言うべき言葉じゃないのは分かっている。でもあえて言うね。復讐なんて無意味だ。復讐を遂《と》げたところでなにがあるっていうんだ」

「師父の魂《たましい》を慰撫《いぶ》できる」

「君のお父さんは君に人殺しなんてさせたくないはず」

「貴様に師父のなにが分かる」

「僕が知っているのはトウシロウさんが究極の剣《けん》の道を求め、道を誤ってしまったことだけ」

「…………」

「反論しないってことは知っているんだね」

「……ああ、知っているさ。師父が自分の高弟を殺し、ローニンから竜《りゅう》の書を奪おうとしたことを」

「ならば不幸な事故だったたって君には分かるだろう。ローニン父さんは仕方なく、切り返しただけなんだ」

「かもしれない。しかし、それでもトウシロウ様は私のたったひとりの親。この世でただひとりの師父なんだ……」

ヒフネは魂まで震《ふる》えるように身体《からだ》を震わせると、慟哭《どうこく》と共に叫ぶ。

「事実は知っているが、この気持ちは止まらない！　いまさらどうしようもないんだ!!」

彼女は大ぶりで剣を振《ふ》った。その様はとても隙《すき》だらけだった。今ならば強烈な一撃を入れる自信があったが、僕はあえて見逃《みのが》す。それが彼女の怒《いか》りに油を注ぐ。

「……許さない。私に同情をし、私の心にずかずかと入ってくるおまえが」

「父さんの仇として剣を交えるよりも、そっちの理由で戦ってくれるほうが嬉《うれ》しい」

「……おまえはやはり殺さないと。そうじゃないと私は前に進めない」

「だと思う。だからこれで決着をつけよう」

そう提案すると僕は刀を鞘《さや》に収める。

それを見たヒフネも同様の行動を取る。

「天息吹活人剣、おまえも習得したか」

「うん。ただし、僕のほうが本当の奥義だと思う」

「ぬかせ。神々のもとでぬくぬくと育ったおまえが究極の奥義を習得できるはずがない」

「それはどうかな」

そう言うと互いに気を集中させる。

ふたりの間に剣客《けんかく》めいた空気が発生する。剃刀《かみそり》のような気が充満《じゅうまん》する。

ただならぬ気配を感じたルナマリアは叫ぶ。

「ウィル様、私はあなたの勝利を信じています」

ローニン父さんは武人然として、ふたりの様子を見つめる。

会場のものも今、この瞬間《しゅんかん》に勝負が決まると察したのだろう。固唾《かたず》を飲《の》んで僕たちのことを見守った。

すべての人々の視線が僕たちふたりに集まった瞬間、僕たちは同時に動く。同じ瞬間、同じ時に剣の柄《つか》に力を込めたのだ。ほぼ同時にふたりの剣客は抜刀術を発動する。


「天息吹活人剣」


僕たちふたりは奥義の名を叫ぶ。

ふたりの源流の流派、遺恨《いこん》の始まりの奥義の名を口にする。

この奥義を巡《めぐ》って多くの人間が傷付いたが、この奥義はすべての人を癒《い》やし、救う効果もあるのだ。すべての過去を払拭《ふっしょく》する技であるのだ。

そう信じている僕。

一方、ヒフネはこの奥義を殺人術、究極の人殺しのすべだと思い込んでいるようだ。実際、有り得ない速度で繰り出される抜刀術にそのような可能性を見いだすのは仕方ないことだった。しかし、だから彼女は僕に勝てない。奥義の本質に気が付いている僕に勝てない。

僕は流れるような動作で剣を抜き放《はな》つが、途中、剣を逆さにする。

刀身ではなく、峰《みね》のほうを相手に向けるのだ。

無論、峰では相手を斬ることはできないが、抜刀術の最中に回転を加えることによって速度は加速される。相手よりも先に剣が届く。つまりヒフネよりも速く抜刀術を繰り出せるということだ。

グオン！

剣から放たれる轟音《ごうおん》、それが観客の耳に届くと同時に僕の肥後同田貫の峰がヒフネの脇《わき》腹《ばら》に届く。めきりとヒフネの肋骨《ろっこつ》が砕《くだ》ける音がした。

その音を聞いたヒフネはそのまま崩《くず》れ落ちる。彼女はなぜ？　という表情をしながら気を失った。

観客の歓声《かんせい》が響《ひび》き渡《わた》る。勝利が定まった瞬間、ウィル・コールが響き渡るが、勝利の余《よ》韻《いん》にひたる気分にはなれなかった。重傷を負ったはずのヒフネのもとに駆《か》け寄ると、回復魔《ま》法《ほう》をかける。

幸いと骨が折れただけで済んだようだが、それでも僕は回復魔法をかけ続けた。しばらくするとヒフネが目を覚ますが、彼女は暴れることも悪態をつくこともなかった。ただ、

「なぜ……？」と問うた。

なぜとはなぜ自分が負けたのかということだろう。僕は彼女の敗因を語る。

「君は天息吹活人剣の本質を理解していなかった。この技は殺意を捨てることによって初めて完成するんだ」

「それがあの峰打ちか」

「そう。刀に回転を加えることによって速度を何倍にも増す」

「しかしあれはカミイズミ流究極奥義のはず。なぜ、殺傷力を犠牲《ぎせい》にする」

「カミイズミ流最強奥義だからだよ。ローニン流は殺人術にあらず。カミイズミ流も同じはず。剣は人を殺すためだけにあるんじゃないんだ」

「……たしかに活人はカミイズミ流の極意だと虎《とら》の書に書かれていた」

「そうだね。実はだけど竜虎《りゅうこ》の書、心の大切さを説いた虎の書のほうがカミイズミ流の本質を表しているんだ」

「……本質」

「活人剣。剣は人を活かすためにある。カミイズミさんはそのことを伝えたかったはず。そしてカミイズミ流で一番大切なその教えを一番弟子のトウシロウさんに託《たく》したんだ」

「…………」

「トウシロウさんは剣の才能は父さんを上回っていた。だけど心の強さがないことを見抜《みぬ》いていた。だから心の書を与《あた》え、剣は心であると伝えたかったんだろうね」

「……だろうな。我が師父は強さを求めるあまり修羅《しゅら》道に落ちた。高弟を殺し、友を殺して秘伝書を独占《どくせん》しようとした」

「本当は心が弱い人だったんだ」

「……知っている。だから私は彼に付いていった」

彼女は初めて涙《なみだ》を流すと本音を吐露《とろ》した。

「……本当はみんなと一緒《いっしょ》にいたかった。酒飲みのローニンと馬鹿《ばか》を言い合い、口げんかばかりするふたりの横に寄り添《そ》っていたかった。でも、師父の心が弱いことも知っていた。彼には私がいなければと思ってしまった。だから私はあのとき……」

ローニンが須弥《しゅみ》山《せん》で修行すると告げた日、トウシロウが剣術師範《しはん》になると決めた日、ヒフネは悩《なや》んだ。どちらに付いていくか。人生でこれほど悩んだことはないというほど悩んだあげく、トウシロウを選んだのだ。

その道に後悔《こうかい》はない、と言い切ることはできるだろうか。

もしもローニンを師父に選んでいればこの少年とも家族になることができたのではないだろうか。この少年と一緒《いっしょ》に暮らし、学び、成長することができたのではないだろうか。

さすればヒフネの人生は大きく変わっていたはず。もっと強い剣士《けんし》になることができたはず。もっと素直な笑顔を浮《う》かべることができたはず。

そう思うとヒフネの目から涙が止めどなく流れた。

「……母さん、私は」

ヒフネは泣いた。人目を憚《はばか》らず、身も世もなく泣いた。

その姿はまるで童女のようであったが、誰《だれ》もそのことを指摘《してき》し、笑うものはいなかった。

——ただ、ひとりの悪意に満ちた男を除いては。

アーカム武術大会の優勝者が決まり、その名が発表されるとき、黒衣の男が舞台《ぶたい》に上がり、僕たちの戦いを貶《けな》した。

「まったく、相打ちになれば手間が省けたが、このような茶番を演じることになるとは。剣聖の孫娘は名前倒《だお》れだな」

そう叫んだのは先日、姦計《かんけい》を弄《ろう》してローニン父さんを敗北に追い込んだゾディアック教団の司教だった。名前は不明であるが、陰険《いんけん》な顔と性格を持っているのはすぐに察した。

「しかし、このまま小僧《こぞう》にダマスカス鋼の武器を渡して旅を続けさせたとなれば、教団内での私の地位が下がる。生きて帰すわけにはいかないぞ」

そう言うと黒衣の男は呪文《じゅもん》を唱え始める。陰鬱《いんうつ》で陰険な発音と意味の呪文を放ち続ける。

すると会場にいたひとりの男がうめき声を発する。

そのままその場に倒《たお》れ込むと、身体《からだ》から邪悪《じゃあく》なオーラを発する。

「拳王《けんおう》ジャバよ。拳《こぶし》では口ほどの実力も発揮できなかったが、その依《よ》り代《しろ》としてはどうだ？　おまえに栄えあるゾディアック二四将の地位を与えよう」

すると拳王ジャバは嘔吐《おうと》し、真っ黒な物体を吐《は》き出す。その量は尋常《じんじょう》ではなく、全身の水分と臓物《ぞうもつ》を吐き出すかのような勢いだった。否《いな》──、実際、ジャバ王は全身の臓物を吐き出し、絶命した。

「なんとむごい」

ルナマリアは顔を背けるが、すぐに舞台に上がると戦闘《せんとう》態勢を取った。

「ウィル様、ここはルナマリアが」

「有り難《がた》い」

素直に助力に感謝すると、僕はローニン父さんに同田貫を返そうとする。しかし、それは断られる。

「もうしばらくおまえが持て。俺はゾディアック討伐《とうばつ》に協力せん」

「どうしてですか？」

ルナマリアが問う。

「神々が下界の争い、それも魔族関連の争いに首を突《つ》っ込むわけにはいかないからだよ」

「しかしやつらは姦計を用いてローニン様を抹殺《まっさつ》しようとしました」

「まあな、しかし、避《さ》けられた。これ以上関わったら天界の偉《えら》いさんにどやされる」

「なにを呑気《のんき》な」

「呑気かもしれないが、計算も働いてるんだぜ。つーか、この程度の悪魔《あくま》に苦戦するようなたまじゃねーだろ、うちのウィルは」

そう言うや否や僕は剣閃《けんせん》を解き放ち、悪魔の身体に一撃《いちげき》を見舞《みま》う。

拳王ジャバから生まれた悪魔ヴァッサゴは苦悶《くもん》の表情を浮かべる。父さんの宣言通り、僕の実力はかなり上がっているようだ。

「ヒフネとの戦いで急速に腕《うで》を上げたな。元々、最強の子供だったが、頭にもう一個最を付けてもいいくらいの剣士になった」

これならば余裕《よゆう》かも、ルナマリアはそう思ったようだが、そうは問屋が卸《おろ》さないようだ。ジャバから生まれた悪魔ヴァッサゴは、魔力を身体に込めると、ジャバ王の形になった。

「ふははあ、やるな小僧。しかし、俺の力はこんなものではない。依り代の能力も使えるのだ」

そう言うと手を無数に出す。高速で手を動かしているだけではない。実際に腕の数を増やし、手数を増やしているのだ。

「百手拳《ひゃくしゅけん》!!」

そう叫《さけ》びながら迫《せま》る無数の拳圧。その威力《いりょく》は凄《すさ》まじく、防御《ぼうぎょ》する暇《ひま》もないまま僕は壁際《かべぎわ》に吹《ふ》き飛ばされる。

「ぐはっ」

吐血《とけつ》をする僕。僕は悪魔よりも強い実力を蓄《たくわ》えていたが、依り代の分は加味していなかった。さすが前回優勝者の実力は伊達《だて》ではない。鍛《きた》え抜《ぬ》かれた武術と悪魔の力の相乗効果は恐《おそ》ろしいものがあった。

ルナマリアは駆け寄り、僕の治療《ちりょう》をするが、すぐに彼女を突き飛ばすと、そのまま斬撃を放つ。悪魔の腕が一本吹き飛ぶ。先ほどまでルナマリアがいた場所に大きな穴が空く。

(……やばいな。このままだと僕だけじゃなく、ルナマリアも危険に)

それだけじゃなく、会場の人々にも危害が。見ればかなりの数が逃《に》げ遅《おく》れている。このまま逃亡《とうぼう》すれば彼らが犠牲《ぎせい》者となるだろう。

(三十六計逃げるにしかず——は封印《ふういん》か)

神々の教えとしては逃げは美徳であるのだが、こういう場面では恥《はじ》となる。最後まで戦って市民を逃がしてこその神々の息子だった。なので逃げることなく、悪魔に立ち向かうが、その都度、拳を貰《もら》う。右腕《みぎうで》、左足、腹、内出血するほどの一撃を何発も貰う。

その間、ルナマリアは神聖魔法で攻撃《こうげき》してくれるが、ダメージは通っていないようだ。

（……これは負けるかも）

そう思った瞬間《しゅんかん》、目にも留まらぬ速さで剣閃が飛んでくる。

剣閃は即座《そくざ》に悪魔の右半分の腕を切り落とす。とんでもない威力と速さだ。

一体誰が？

と見るとそこに立っていたのはヒフネだった。彼女はよろよろと立ち上がりながらも刀を握《にぎ》り締《し》めていた。

彼女は不敵な笑顔とともにこう言った。

「神々に育てられしもの、協力する」

「千人力です。しかし、ヒフネさんもずたぼろじゃ」

「すたぼろだが、今こそこの剣を使うとき。師父の剣を使うとき。仲間を救うとき。今この瞬間、腕が千切《ちぎ》れても後悔はない」

「ヒフネさん……」

感動に打ち震《ふる》えるが、感傷にひたる暇はなかった。悪魔が斬《き》られた右腕を再生し、襲《おそ》いかかってきたからだ。ヒフネは僕と悪魔の間に立ち塞《ふさ》がると剣撃を加えた。怯《ひる》む悪魔。僅《わず》かな隙《すき》が生まれる。

「ウィル！　私が時間を稼《かせ》ぐ。何分で必殺の一撃を放てる？」

「禁呪魔法を込めた魔法剣を放ちます。五分、いや、三分頂きたい」

「じゃあ四分作る」

そう言うとヒフネは悪魔と戦闘を始めた。元々、拳王ジャバなどヒフネの前では嚙《か》ませ犬、その扱《あつか》いには慣れているのだろうが、それでも悪魔の力を得たジャバは強かった。

しかしそれでも彼女は互角《ごかく》以上に渡《わた》り合う。的確に相手を斬り付けダメージを与える。

その間、僕は禁呪魔法を詠唱《えいしょう》する。

爆裂《ばくれつ》系の禁呪魔法を詠唱し、刀に送り込む。

爆裂系を選んだのは悪魔の再生力を見たからだ。やつは再生をさせずに一気に殺さなければならない。その選択肢《せんたくし》は正しいだろうが、僕はすぐに後悔する。

最初は互角の戦いを繰《く》り広げていたヒフネが劣勢《れっせい》に回っていたからだ。

「……やはりさっきの戦いのダメージが」

通常時ならば圧倒《あっとう》できる相手でもダメージが蓄積《ちくせき》された状態ではどうにもならない。

剣聖の孫娘でも二四将を相手にするのは難しいようだ。

もしかしたら四分どころか二分しか持たないかもしれない。

そう思ったとき、ひとりの男が参戦する。

ヒフネに拳を振《ふ》り落とす悪魔の拳をみしりと握り締めるのは剣の神だった。

「ローニン父さん⁉　神様は下界の争いに介入《かいにゅう》してはいけないんじゃ？」

「ああ、そうだよ。だから今、戦っているのは神じゃない。剣の神ローニンではなく、ただの格闘《かくとう》愛好家のローだよ」

そんな下手な弁明をすると、着物の上半身をはだけさせる。力を入れると上半身を隆起《りゅうき》させる。

「別に息子を救おうとか、ヒフネを救おうとかじゃねえよ、主神様。これは格闘愛好家の血がたぎっちまっただけさ」

そう言うと剣客《けんかく》とは思えない正拳突《せいけんづ》きを見舞う。

ボゴォ！　鈍《にぶ》い音とともに悪魔の腹がめり込むが、その姿をヒフネが見つめる。思うところがあるようだ。先ほどまで敵であった自分を救ってくれる父さんの優しさに感化されているようだった。だが父さんは恩着せがましいことは一言もいわず、悪魔の腕を掴《つか》む。

「ウィル、格闘愛好家のロー様もいつまでも悪魔を取り押さえられない。そろそろ準備はいいか」

「もちろん。……でも、この状態だと父さんにも被害《ひがい》が及《およ》んでしまう」

「かぁー、情けねえこと言うな。俺ごと切り裂《さ》け」

「そんなことできない」

「じゃあ、剣閃が着弾《ちゃくだん》する瞬間に避ける」

「そんなこと――」

できるわけがない、とは続けられなかった。父さんならばできるような気がしたし、今、言い争っている時間はなかったからだ。

僕は父さんを信じると、抜刀術《ばっとう》の構えに移る。

「まさか、ウィル様、天息吹活人剣と魔法剣を同時に使うんですか」

ルナマリアは叫ぶ。

「ああ、威力が倍化されるからね」

「無理です！　神速の抜刀術と魔法剣をふたつ同時に使うなんて。身体への負担が大きすぎます！」

「身体なんて千切れたっていいよ」

「私は困ります。……それにいくらウィル様でもぶっつけ本番でそんな大技を使うなんて」

「できるさ。僕は〝愛する家族〟を救うためにその身を犠牲《ぎせい》にした女性を知っている」

心の奥にバルカ村のシズクさんの顔が浮《う》かぶ。

彼女は愛する息子のために己の時間を犠牲にした。愛する息子を守るために危険に飛び込んだ。彼女の言葉を思い出す。

「家族を救うのになにを躊躇《ためら》う必要がある？　また同じような状況《じょうきょう》に置かれたら、あたいはまた同じ選択肢をとるよ。何度でも同じように〝家族〟を救うよ」

事実、彼女は〝村の家族〟マイルを救った。愛する息子に会うよりも会ったことがないマイル少年の命を優先し、僕とルナマリアを優先してくれた。

彼女の高潔な自己犠牲の精神、その万分の一でも自分の身に宿せれば、と思う。

またマイル少年の母親も見習うべき人だ。彼女もまた愛する息子を助けるために自己犠牲を厭《いと》わぬ人だった。氷でかじかんだ手、険しい道を歩き抜いたスカートの端《はし》、それらは〝愛〟のひとつの形であった。

人はそれを自己犠牲というが、その根底に流れているのは〝愛〟であった。

愛は人を救うだけでなく、愛を持つ人の力を何倍にも高めてくれるのだ。

僕は彼女たちの〝愛〟を見て、愛を感じて何倍にも強くなれた気がした。否、強くなれた。彼女たちを見ていたからこそ、天息吹活人剣の本質を、剣聖カミイズミの真意を見抜くことができたのだ。

彼女らの〝愛〟を力に変換《へんかん》する。人を愛することが、人を活かすことが最強の技であることを証明する。肥後同田貫に魔法を付与《ふよ》し、カミイズミ流奥義にて解き放つ。

なんの迷いもなく放たれた魔法剣、それは最速の抜刀術で何倍にも力を増幅《ぞうふく》させる。僕は黙《だま》ってその軌道《きどう》を見つめる。ルナマリアは心配げにそれを見ていたが、僕はわずかばかりも憂《うれ》いは持っていなかった。父さんを信頼《しんらい》していたからだ。父さんの中にも愛があると知っていたからだ。愛する父さんならば必ず避けると確信していたからだ。

父さんはにんまりとすると悪魔に蹴《け》りを入れた。僅かに怯む。その瞬間を見計らったかのように僕の剣閃が悪魔を襲う。爆発《ばくはつ》力に特化した魔法剣が悪魔に届くと、ローニン父さんはひらりと剣閃をかわす。剣閃は悪魔に命中すると轟音《ごうおん》を発する。

ドカン！

地球が揺《ゆ》らぐような音が会場に木霊《こだま》すると、爆風《ばくふう》が会場に生まれる。周囲にいた市民たちはその場にあるものに必死に掴まる。黒衣の男は「ば、馬鹿《ばか》な⁉」と漏《も》らすと吹き飛び、気を失う。どうやら悪魔を召喚《しょうかん》したときに体力を相当持って行かれたようだ。赤子のような力しか残されていなかった。

そして悪魔がどうなったかというと——。

「汚《きた》ねえ花火だ」

ローニン父さんがそう表すほど、四散していた。

拳王ジャバの身体を奪《うば》った悪魔はばらばらに吹き飛んでいた。再生などできないほどに。

つまり僕たちはこの戦いに勝利をしたのだ。

僕は右手を突《つ》き上げると叫んだ。

「勝った！　勝ったんだ！」

勝利宣言であるが、ルナマリアはその言《げん》を聞くと微笑《ほほえ》みながら言った。

「ウィル様は無双《むそう》の英雄《えいゆう》です。武術大会に勝利し、ヒフネさんの心を救い、悪魔《あくま》まで遠ざけた」

ルナマリアが総括《そうかつ》すると、ローニン父さんもそれに首肯《しゅこう》する。

「まったく、大した男だぜ、我が息子ながら」

親馬鹿《おやばか》らしい言葉だが、それを否定するものはこの会場にはいなかった。先ほどまであれほど僕のことを憎《にく》んでいた少女まで、無言で同意をしていた。

こうして僕は武術大会で優勝し、ダマスカス鋼の剣《けん》を得ることができた。

†

武術大会で優勝を果たした僕はしばらくアーカムの街に滞在《たいざい》する。そこで新たにできたファンにファンサービスをする――のではなく、静かにワイツさんのお店を手伝う。

店の権利を取り戻《もど》したはいいが、ワイツさんの店は往事の賑《にぎ》わいはない。それに男手も必要であった。僕とローニン父さんは大工仕事を買って出て店先のひさしや倉庫を直す。

ワイツさんとアイナは感謝の意を示しながら、おやつを作ってくれた。

それをもしゃもしゃと食べながら、父さんと今後のことについて話す。

「ヒフネさんのことはどうしよう」

「傷は癒《い》えたのか？」

「うん、ルナマリアの回復魔法で骨を接《つ》いでいる。そろそろ完璧《かんぺき》に繋《つな》がるはず」

「ならば一度話をしないとな」

「今の彼女に余計な話はいらないかも。テーブル・マウンテンに誘《さそ》うか、僕の旅に誘うか、二択《たく》だよ」

「だな。そろそろ切り出す頃《ころ》だな」

そう言うとアイナが焼いてくれた甘食《あましょく》を口に入れる。とても甘くて優しい味だった。

僕と父さんがそのようなやりとりをしている頃、宿屋で荷物をまとめる少女がいる。ヒフネだ。彼女は忘れ物がないか確認すると「よし」とその場を立ち去ろうとする。

無論、宿賃はちゃんと支払《しはら》っているので問題はないが、ひとつだけ計算違《ちが》いがあった。それは地母神《ちぼしん》の巫女《みこ》が扉《とびら》の前で待ち構えていたことだった。

彼女は意味ありげな笑みを浮かべ、その場にたたずんでいた。

「……地母神の教えでは人をストーカーするの？」

「時と場合によっては。ましてや素直ではない女剣士《けんし》がいるのならば張り付いてでも翻意《ほんい》させねば、と思っています」

「翻意？」

「一度決めたことを覆《くつがえ》させることです」

「さすがに知っている」

「ならば翻意してくださいますね」

「それはできない。私はウィルにもローニンにも迷惑《めいわく》を掛《か》け続けた」

「ご本人たちはさして気にしていないでしょう。あのような性格ですから」

「ならば私が三人分気にする。私は恥《はじ》を知っている。あそこまで迷惑を掛けておいてこれ以上甘えられない」

「それは甘えではありません」

「ではなんだと」

「問う意味もないでしょう。彼らは家族なのですから」

「……家族？　彼らが」

「そうです。ヒフネさんはまだ少女の頃、ローニン様と暮らしていたのでしょう。ならば家族です」

「ではウィルは？」

「ウィル様はこの世界の友達皆《みな》が家族だと常日頃《つねひごろ》から申しております」

「自分の命を奪おうとした女が？」

「自分の命を奪おうとしたからです。命のやりとりほど相手を知り合う機会がありましょうか」

「…………」

「それに私の師はこう言っていました」

「あなたの師？」

「そうです。大司祭様です。彼女は常日頃から言っていました。最強の魔法《まほう》はなんである

か知っていますか？　ルナマリアと」

「最強の魔法？　なんなの？」

「それは自分を殺しにきた相手と握手《あくしゅ》をすることです。自分を殺しにきた相手を友達にすること。さすればどのような強敵とも渡《わた》り合えましょう、と師は常々おっしゃっていました」

「……たしかに最強ね」

納得してしまうが、だからといって自分が最強の魔法を使えるとは思えなかった。自分は剣士なのだ。剣士は魔法が使えなかった。だからヒフネは意を決すると言った。

「……私はまだ魔法剣士にはなれない。しかし、いつかあなたが言った素敵な魔法を使いたいと思っている」

「素晴らしい心がけです」

地母神のような微笑みを浮かべる。

「それまでウィル様は待っていてくれるかしら」

「ウィル様は永遠に待っていています。あなたがどこかでピンチになったらすぐに駆《か》けつけます。それだけは確信しています」

「心強い〝家族〟ね」

ヒフネはたおやかな笑みを返すと荷物を背負い、ルナマリアに語りかける。

「自分がこの世で一番不幸な娘《むすめ》だと思っていた。だから強くなれたのだとも。でも違った。あなたのように生きられたら、ウィルの側《そば》にいられたら私はもっと強くなれると思う。だから私は旅立つ。ウィルの側にいられる女になるために。彼のことを家族だと言い切れる自分になるために。それまで少しだけウィルに待っていて貰《もら》って」

「その言葉、しかと届けます」

ルナマリアは一言一句聞き漏らさずにヒフネの言葉を耳に焼き付けると、彼女の背を見送った。一刻後、その言葉をウィルに伝えると、彼は残念そうな顔をしたが、すぐに気を取り直す。

「これは別れじゃないよね、ルナマリア」

ルナマリアは明確に、即座《そくざ》に肯定《こうてい》する。

「当然ですわ。すぐにまた会えます。それもそう遠くない未来に」

ルナマリアは確信めいた予感を愛する主《あるじ》に伝えた。

ヒフネが旅立ったと伝えると、ローニン父さんは、

「そうか」

と言った。

「次に会うときはもっと佳《よ》い女になっている」

と続ける。

その通りだと思うので反論せずにいると、ローニン父さんは話題を転じさせる。

「ところでアーカム武術大会の優勝賞品のダマスカス鋼の剣の使い心地はどうだ?」

傷心気味の僕の心を慰《なぐさ》めるために言った言葉だろうが、案外、本当に気になっているのかもしれない。父さんは刀剣《とうけん》類が大好きだからだ。僕は正直に感想を言う。

「いいね。ロング・ソードタイプなんだけど、思った以上に持ちやすい」

「今までダガーばかり使っていたからな」

「だね。ダガーは小回りが利くから好きだったんだけど、長物には長物の良さがあるね」

びゅんびゅん、と振《ふ》り回す。

「いい音だ。さっそく使いこなしているようだな。ところでウィルよ。アーカム武術大会では結局対戦できなかったな」

「そうだね。残念だ」

「楽しみにしていたんだがなあ」

「僕もだよ」

「その言葉がお世辞じゃないなら、親孝行だと思って俺と勝負してくれよ」

腰《こし》の肥後同田貫に軽く手を触《ふ》れるローニン父さん。

「え？　父さんとここで勝負するの？」

「山では青空の下でやっていただろう」

「稽古《けいこ》をね。今まで一度も本気で戦ってくれなかった」

「ああ、だが今ならば本気で戦えるはず。かつてない力を出せる気がする。無論、神々としてではなく、人としてだが」

「それでも最強の剣客《けんかく》だろうね、父さんは」

ごくりと生唾《なまつば》を飲む。

剣神ローニン。剣を振るい続けていたら剣の神様になってしまったという生粋《きっすい》の剣術馬鹿《けんじゅつばか》。その腕前《うでまえ》は間違いなく、剣術界史上でも上位。あの剣聖カミイズミを超《こ》えている可能性もある。そんな人物と手合わせできるのはとてつもなく幸せなことであった。

「分かった。勝負しよう。ううん、勝負してください」

ぺこりと頭を下げると、ローニン父さんはにやりと笑う。

「さすがは俺の息子だ。このまま勝負と行くか。……しかし、その前にそこのデバガメお嬢《じょう》ちゃん」

ローニン父さんがそう言うと「ばれていましたか」とルナマリアが物陰《ものかげ》から出てくる。

「おまえさんに隠《かく》し事をする気はないが、これから息子と勝負をする。誰《だれ》にも邪魔《じゃま》されたくない」

ローニン父さんの気迫《きはく》に感じ入ったルナマリアは「分かりましたわ」と背を向ける。途《と》中《ちゅう》、軽く振り返ると言った。

「どちらも怪我《けが》をされないように」

ルナマリアの気遣《きづか》いに僕と父さんは、

「分かっている」

「ああ」

と答えると彼女の背を見送った。

ルナマリアがいなくなるとローニンは冗談《じょうだん》気味に言う。

「恋人《こいびと》の前で負けるのは恥《は》ずかしいよな、さすがに」

冗談に冗談で返す僕。

「恋人じゃないけどね。父さんこそ若い女性の前で負けるのは厭《いや》だよね」

「こいつ、言いやがるな」

ローニン父さんはステップを始める。父さんはずっしりと構えるよりもこきみよく動いているときの方が調子が良いような気がする。

僕も父さんの調子にあやかる。

「いい動きだ。惚《ほ》れ惚《ぼ》れするぜ」

「ローニン流だよ」

「だな。さすがは俺だ。最強の剣術家だ」

「でもそれも今日までかも。師匠《ししょう》ってのは弟子に超えられるために存在するってミリア母さんが言っていた」

「あんな年増女の言うことなんて聞くな」

「年増なんて言ったら母さん、怒《いか》り狂《くる》うよ」

「小じわが増える。いい気味だ」

そう言うとローニンは柄《つか》に手を伸《の》ばす。

僕も同様の動作をする。

同心円状にくるくると回りながら軽口をたたき合うと、これ以上ないタイミングで互《たが》いに剣《けん》を抜《ぬ》き放った。

空を切り裂《さ》く音だけが周囲に鳴り響《ひび》く。

互いの剣が互いの首筋に向かう。
勝敗の行方《ゆくえ》は――。

数日後、僕たちは旅を再開する。

ローニン父さんはそのままテーブル・マウンテンに戻《もど》ると僕たちとは反対方向に向かった。

ルナマリアは、「寂《さび》しいですね」と言うが、引き留めたり、同行を願ったりはしなかった。

「神々には神々の務めがあります。救世の旅は我らの使命。遠くから見守って頂けるだけでもこの上ない喜びです」と言った。

まったくもってその通りなので傷心にひたることなく旅を続けるが、道中、旅を進めるとルナマリアが思い出したかのように話しかけてきた。

「そういえばウィル様、先日の勝負の行方、どうなったのですか？」

先日の勝負とは僕と父さんの勝負のことだろう。

どうやら彼女は少し気になっていたようだが、答えるか迷った。

彼女に秘密を作るのは気が引けるが、それでもあの勝負の結果はふたりだけの秘密にしたかったのだ。なので僕は「そうだね。ダマスカス鋼の剣はいい剣だったよ」と、はぐらかすとルナマリアに言った。

「ルナマリアはどちらが勝ったと思う？」

質問を質問で返されたルナマリアだが、気を悪くすることなくこう答えた。

「もちろん、ウィル様に決まっています。なにせウィル様は神々に育てられしもの。最強無双《むそう》の英雄《えいゆう》なのですから」

にこりと微笑《ほほえ》むと初夏の日差しが彼女の笑顔を照らした。

その姿はまるで地母神《ちぼしん》のように清らかで、美しかった。

あとがき

作家の羽田《はた》です。

ファンタジア文庫ファンの皆様《みなさま》、お久しぶりでございます。

と言っても本作は四ヶ月ごとに皆様のお手元に届けているので、ついこの間あとがきを読んだよ、という感覚の方もおられると思います。

僕としては一瞬《いっしゅん》でもあり、長かった四ヶ月なのですが、皆様はどう過ごされていたでしょうか？


さて、三巻も書かせていただいたので、そろそろ本作の誕生秘話でも。

本作は『小説家になろう』という投稿《とうこう》サイトで連載していた小説なのですが、そこまでWEB小説の読者を意識しておりませんでした。

テーマに「家族」「愛」を掲《かか》げており、少し読者層と乖離《かいり》するかな、と思っていたからです。ですが、一度、家族を主題にした小説を書いてみたかったのと、僕の中で生まれたウィルやルナマリアが書いて書いてとせがむので執筆《しっぴつ》し、投稿しました。

結果、編集部のOさんに拾っていただき、日の目を見ることになったのです（後で聞いたところ、そんなに『なろう』を読んでいなかったそうですが、本作のコンセプトにびびっときていただけたそうです）。

家族ものというテーマは最初にあったのですが、もうひとつ発想のきっかけがありまして、「主人公が最強である明確な理由がほしかった」というものがあります。

意味もなく最強、神様にチートスキルを貰《もら》ったから最強、ではないものを書きたく、どういった理由だったら読者や僕が納得するだろうと考えたとき、

「最強の神様に育てられたら最強になるんじゃね？」

と思って本作の骨子を考えました。

しかもそれぞれのエキスパートに育てられたらより面白《おもしろ》くなりそうじゃん！　と思ったのです。結果、その通り面白くなり、現在に至るというわけです。

さて、ページもなくなってきたので誕生秘話はこの辺で。四巻のあとがきでも皆様とお話できれば幸いです。それでは今後も「神々《かみがみ》に育《そだ》てられしもの、最強《さいきょう》となる」をよろしくお願いします。

羽田　遼亮《りょうすけ》

お便りはこちらまで

〒一〇二―八一七七
ファンタジア文庫編集部気付
羽田遼亮（様）宛
ｆａｍｅ（様）宛

富士見ファンタジア文庫

神々《かみがみ》に育《そだ》てられしもの、最強《さいきょう》となる3

令和２年５月20日　初版発行

著者――羽田遼亮《はたりょうすけ》

発行者――三坂泰二

発　行――株式会社KADOKAWA
〒102-8177
東京都千代田区富士見2-13-3
0570-002-301（ナビダイヤル）

印刷所――株式会社暁印刷

製本所――株式会社ビルディング・ブックセンター

※定価はカバーに表示してあります。
●お問い合わせ
https://www.kadokawa.co.jp/（「お問い合わせ」へお進みください）
※内容によっては、お答えできない場合があります。
※サポートは日本国内のみとさせていただきます。
※Japanese text only

ISBN978-4-04-073634-1 C0193

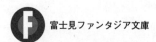

天上優夜《てんじょうゆうや》
異世界で
レベルアップした結果、
最強の身体能力を
手に入れた少年
この少年
すべてが
シリーズ好評発売中！

チートすぎる

異世界でチート能力《スキル》を手にした俺は、現実世界をも無双する

～レベルアップは人生を変えた～

I got a cheat ability in a different world, and became extraordinary even in the real world.

著：美紅
イラスト：桑島黎音

幼い頃から酷い虐めを受けてきた少年が開いたのは『異世界への扉』だった！ 初めて異世界を訪れた者として、チート級の能力を手にした彼は、レベルアップを重ね……最強の身体能力を持った完全無欠な少年へと生まれ変わった！ 彼は、2つの世界を行き来できる扉を通して、現実世界にも旋風を巻き起こし――!? 異世界×現実世界。レベルアップした少年は2つの世界を無双する！

ファンタジア文庫

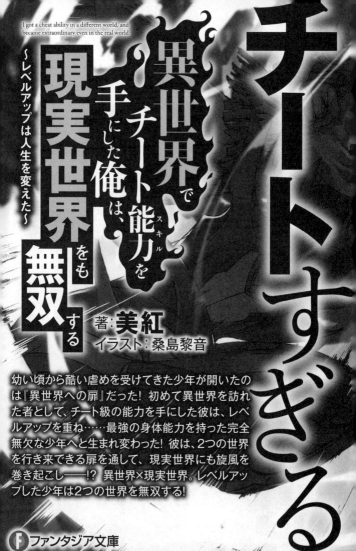

切り拓け！キミだけの王道
ファンタジア大賞
原稿募集中！
賞金
《大賞》300万円
《金賞》50万円
《銀賞》30万円
選考委員
細音啓「キミと僕の最後の戦場、あるいは世界が始まる聖戦」
橘公司「デート・ア・ライブ」
羊太郎「ロクでなし魔術講師と禁忌教典《アカシックレコード》」
ファンタジア文庫編集長
後期締切 2月末日
前期締切 8月末日
公式サイトはこちら! https://www.fantasiataisho.com/
イラスト／つなこ、猫鍋蒼、三嶋くろね